불편하게 사는 게
당연하진 않습니다

불편하게 사는 게 당연하진 않습니다

**초판 1쇄 인쇄 2023년 2월 28일**
**초판 1쇄 발행 2023년 3월 10일**

지은이 **백순심**

펴낸이 **우세웅**
책임편집 **김은지**
기획편집 **김휘연**
디자인 **이선영**
홍보 마케팅 **김세경**
영상 콘텐츠 제작 **전다솔**

종이 **페이퍼프라이스㈜**
인쇄 **(주)다온피앤피**

펴낸곳 **슬로디미디어그룹**
신고번호 **제25100-2017-000035호**
신고연월일 **2017년 6월 13일**
주소 **서울특별시 마포구 월드컵북로 400, 상암동 서울산업진흥원(문화콘텐츠센터) 5층 22호**
전화 **02)493-7780**
팩스 **0303)3442-7780**
전자우편 **wsw2525@gmail.com(원고투고 · 사업제휴)**
홈페이지 **slodymedia.modoo.at**
블로그 **slodymedia.xyz**
페이스북,인스타그램 **slodymedia**



ISBN 979-11-6785-121-5 (03810)

장애인이 살기 좋은 세상과 다양성이 공존하는 세상을 꿈꾸며

# 불편하게 사는 게 당연하진 않습니다

백순심 지음

SEOLREM
설렘

《불편하지만 사는 데 지장 없습니다》의 백순심 작가는 실제로 사는 데에 많은 불편함을 겪고 있다. 그리고 작가는 삶의 현장에서 일어나는 그 불편함의 사례를, 장애인의 시각으로 조곤조곤 알려 준다.

누구나 인간답게 사는 것은 타고난 권리라며 '천부인권'을 이야기한다. 그러나 천부인권은 의식에만 머물뿐 현실에는 머물지 않는다. 나는 어릴 때 목발을 짚고 다니는 아이를 자주 보았다. 집 주변에 '바보'라고 불리는 아이도 있었다. 그런데 어느 순간 목발을 짚고 다니던 아이와 바보라고 불리던 아이가 내 시야에서 사라졌다. 도대체 어디로 증발한 걸까? 그들은 집이나 시설로 숨어버렸을 것이다. 자가 격리 혹은 사회적 격리이다. 그리고 나는 그들의 존재를 잊고 살았다.

길거리에서 장애인을 마주치는 일이 당연한 게 정상적인 사회이다. 그러므로 우리는 현재 장애적 사회에 살고 있다. 그것이 참 불편하다.

백순심 작가는 우리 눈에 잘 띄지 않는 장애인거주시설에서 일하는 장애인으로서, "정상이 뭡니까?", "왜 기준이 다릅니까?"라고 당당하게 비장애인들에게 시비를 건다. 그러고는 비장애인과 장애인은 다르지 않은 존재라고 말하며, 장애인이 특별한 존재가 아니라 평범한 존재로서 대접받기를, 사회적 분리가 아니라 사회적 관계를 맺을 수 있기를 그리고 누군가의 불편함이 누군가의 편리함이 되기를, 장애인과 비장애인 시설이 공존하기를 바란다. 비장애인은 늘 불편함을 말하며 개선을 요구하고 성취하지만, 장애인에게는 이것이 하늘의 별 따기만큼 쉽지 않은 일이다.

백순심 작가는 우리나라에서 장애인이기에 겪는 일상생활의 다양한 경험을 이야기함으로써, 장애인이 겪는 불편함을 하나하나 지적한다. 불편의 근본 원인은 비장애인의 편견적 의식과 시설의 눈높이 차이 때문이다. 편견적 의식은 비장애적 시설을 만들고, 그것이 장애인에게는 장애적 시설이 된다. 장애인은 시설 편리에서 늘 배제된다. '최대 다수의 최대 행복'을 추구하는 자본주의 사회에서 장애인은 '최대 소수의 최소 행복'을 감내해야 한다. 또한, 백순심 작가는 누구나 인간다운 삶을 살 권리가 있음에도 불구하고 외면하는 한국 사회의 여러 단면을 아프게 지적한다. 작가는 그 자신이 장애인이지만, 장애인에 대해 편견적인 시선이 있었음을 솔직하게 고백한다. 그리고 장애인과 비장애인이 다를 게 없음을 당당히 주장하며, 이제 우리 사회는 장애인과 비장애인의 분리가 아닌 공존을 추구해야 한다고 말한다.

_지역사 연구가 · 전 보광중학교 교사 이병길

유명 프랜차이즈 커피숍에서 장애인이라고 표시된 명찰을 단 직원을 본 적이 있다. 명찰로 인해 그 사람의 장애 유무가 드러난 듯싶어 매우 의아했다. 사회적 약자라는 표식인 그 명찰이 꼭 필요했을까? 장애인과 비장애인의 경계는 무엇일까? 주문받는 직원이 그런 명찰을 달고 있지 않았더라면, 아무도 그가 장애인이라는 걸 몰랐을 텐데 왜 우리 사회는 장애인다움을 강요하는 걸까 많은 생각이 들었다.

백순심 작가는 사회 구조가 비장애인 중심으로 돌아가는 것이 '기본값'이 아님을 알리고자 한다. 어떤 심정으로 목소리를 높이는지 가히 짐작도 되지 않는다. 비장애인이 아무렇지 않게 누리는 것들을 장애인은 매번 목소리를 높여야지만 겨우 하나를 더디게 획득한다. 나도 그들에게 무관심했다는 사실이 부끄럽다.

"정상과 비정상을 구분하는 것 자체가 한 사람의 고유성을 인정하지 않는 것이다"라는 문장을 읽고 생각이 많아졌다. 우리가 정상이라고 정의 내리는 잣대는 누구의 잣대일까? 마음이 아픈 사람은 정상일까, 비정상일까? 뇌 기능이 저하된 사람은 정상일까, 비정상일까? 무엇 하나 명백한 정의를 내릴 수 없는 상황에서 정상과 비정상을 논하는 것 자체가 의미 없는 일이다. 장애의 유무를 떠나, 서로 존중하는 마음이 그 누구의 인권도 침해하지 않을 것 같다. 백순심 작가의 말대로 "그저, 누구나 사람으로서 존중받는 사회가 오길" 바란다.

사회복지 기관에서 근무하는 종사자들은 법정 의무 교육으로 장애인식 개선 교육을 받는다. 교육받을 때도 와닿지 않던 것들이 백순심 작가의 책을 읽으니 생생하게 와닿는다. 이 책이 장애인식 개선 교재로도 활용되길 바란다.

_하늘정원 노인요양시설 사무국장 조현진

- **생활재활교사**

  시설에서 거주인의 생활 전반을 지원하는 직원으로 '생활지도인'이라고도 한다. 중증장애인 4.7 명당 평균 2명의 교사가 지원된다.

- **사회재활교사**

  사회복지사. 거주인의 복지 프로그램 등을 담당하며, 정원 30인 이상의 시설당 1명이 지원된다.

- **거주인**

  장애인거주시설에 사는 장애 당사자를 지칭하는 말이다. 이용인, 생활인, 입소인으로도 불리며, 우리 시설에는 지적장애인과 자폐, 지체, 뇌병변, 청각 등의 중복장애가 있는 분들이 산다.

- **사례 관리**

  장애인 분야뿐 아니라 아동, 노인, 자활 등 다양한 분야에서 체계적인 지역 기반의 서비스 전달망을 중심으로 서비스 수요자의 복합적인 욕구를 체계적이며 통합적으로 관리·조정함으로써 서비스 전달의 효과성을 높이는 전략으로 활용한다. 사례 관리를 지원하기 위해 장애 당사자와 시설 직원, 후견인, 보호자 등이 모여 사례 회의를 한다.

**☑ 일러두기**

· 이 책에 등장하는 모든 장애 당사자는 가명입니다.
· 이 책에 수록된 일부 내용은 한국장애인고용공단에 수록된 글입니다.
· 이 책에 나오는 시설 종사자는 문맥에 따라 직원, 선생님, 생활재활교사, 사회재활교사, 사회복지사 등으로 썼음을 알립니다.

엘리자베스 문(Elizabeth Moon)의 소설 《어둠의 속도》는 자폐인의 시선으로 삶의 정상성에 대해 질문하는 이야기이다. 주인공 루 애런데일은 특별한 수학적 재능으로 제약회사에서 기하학무늬와 패턴을 분석하는 일을 하며, 루의 팀은 모두 특정 분야에 두각을 나타내는 자폐인으로 구성되어 있다. 그러던 어느 날, 회사는 루의 부서 사람들에게 성인 자폐 치료 프로그램 상용화를 위한 임상 시험 대상으로 설 것을 강요한다. 위험을 감수하고서라도 임상 시험에 참여할 것인지에 대해 동료들 간의 대화 내용은 이렇다.

캐머런이 말한다. "너는 정상인들도 우리와 같은 일을 한다고, 그저 좀 적게 할 뿐이라고 하겠지. 많은 사람이 무의식중에 자기자극적인 행동을 해. 발로 바닥을 두드리거나 머리카락을 꼬거나 얼굴을 만지작거리지. 그래, 하지만 그 사람들은 정상인이고 아무도 그러지 말라고 하지 않아. 시선을 잘 안 맞추는 사람들이 있지만,

그 사람들은 정상인이고 아무도 그들에게 시선을 맞추라고 성가시게 잔소리하지 않아. 정상인들에게는 그런 아주 약간의 자폐적인 부분을 메우는 다른 뭔가가 있어. 난 그게 갖고 싶어. 나는 - 나는 정상인처럼 보이기 위해 그렇게 힘들이지 않고 싶어. 그저 정상인이고 싶어." 이에 베일리가 말한다. "세탁기나 '정상' 작동하지."

결과적으로 루는 자발적으로 비장애인으로 살기 위해 임상 시험에 참여한다. 그런데 과연 사람에게 '정상'이라고 표현하는 게 맞는 걸까? 베일리의 말에서처럼, 정상이라는 말은 기계가 잘 작동될 때나 사용하는 말이다.

왜 장애인으로 살아가는 것이 불편한지 곰곰이 생각해보았다. 40대 이전까지는 '나에게 장애가 있기 때문'이라고 생각했다. 장애가 있으니 차별받거나 불편함이 있어도 감수해야 한다고 생각했다. 그러나 지금은 생각이 바뀌었다. 장애인으로 사는 게 불편한 이유는 어딘가 부족하거나 무언가 잘못해서가 아니라, 비장애인 기준으로 돌아가는 사회 구조와 장애인에 대한 잘못된 인식 때문이다.

장애인과 비장애인의 비율이 같다면, 장애가 있다고 해서 차별받거나 배제당하는 일이 없을 것이다. 만약, 수화로 소통하는 게 기본값이라면 청인(聽人, 청각장애인에 상대하는 단어로 청력의 소실이 거의 없는 사람을 가리킨다)은 답답함을 느끼며 부당한 대우를 받고 있다고 생각할 것이다. 수화 외의 언어를 사용할 수 있도록, 다양성을 존중해달라고 의견을 낼 수도 있다.

장애인의 권리를 보장해달라고 주장하는 장애인들의 지하철 시위는 어떠한가? 몇몇 사람들은 이들의 시위를 그저 자신의 출근길을 방해하는 행동으로 바라볼 것이다. 그러나 장애인에게는 목숨이 달린 외침이다. 만약 모든 사람이 휠체어를 타고 출퇴근해야 한다면 이동권 보장 요구는 장애인의 문제가 아닌, 사회 문제가 된다. 아마 모든 지하철역에 당연히 엘리베이터가 설치될 것이다.

이처럼 장애인은 다수의 기준으로 이루어진 세상에서, 생활 모든 영역에서 차별과 배제를 당하며 살아간다. 그리고 사회는 소수인 장애인의 희생과 인내를 당연하게 생각한다. 이것은 무언의 폭력이다.

사회는 '누구나' 잘 살 수 있는 곳이어야 한다. '누구나'란 사전적으로, 가리키는 대상을 굳이 밝혀서 말하지 않을 때 쓰는 인칭 대명사이다. 모두의 의미가 내포되어 있다. 하지만 사회에서의 '누구나'는 '나와 같은 사람'을 의미할 뿐이다. 장애인, 성 소수자, 여성, 노인

등 사회적 약자는 해당하지 않는다.

정상과 비정상을 구분하는 것 자체가 한 사람의 고유성을 인정하지 않는 행위이다. 그런데도 사회는 여전히 이러한 이분법적 기준을 정해놓고, 그 기준에 미치면 정상이고 미치지 못하면 비정상이라고 한다. 그러므로 기준값은 '실질적인 모두'가 되도록 다시 설정되어야 한다. 기준값이 제대로 설정된다면 소수자들이 살아가면서 겪는 고통은 없을 것이다.

뛰지 못하는 이에게 '경쟁에서 이기려면 뛰어야 한다'라는 기준값이 옳은가? 이 기준값이 정당해지려면 사회는 뛰지 못하는 이에게 이동 수단과 뛸 수 있는 환경을 제공해야 한다. 그래야 진정한 '누구나'의 의미가 적용된다.

장애인을 비정상, 결핍과 동정의 대상으로 인식하는 것도 수정되어야 한다. 장애인을 비장애인의 기준으로 바라보지 않는다면, 이들은 어딘가 부족한 존재가 아닌, 있는 그 자체로의 존재가 된다.

나는 비장애인의 기준에 미칠 수 없음에도 불구하고 애써 맞춰 살아온 시간이 버겁고 외로웠다. 이 책을 통해 사회 구조의 기준값이 소위 정상 범주에 속한 이들에 맞춰 있다는 것을 밝히고 싶다. 사회적인 인식, 문화, 편견, 시스템이 장애인을 비정상으로 만든다.

장애인이 불편하게 사는 게 당연한 게 아닌, 누구나 살기 편한 세상이 오기를 바란다.

참고로 이 책이 모든 장애인의 시선을 담지 않았음을 밝힌다. 다만, 장애인으로서 겪은 나의 경험담과 일터에서 함께 삶을 나누는 지적장애인들의 이야기를 충실히 담았다.

백순심

# 차례



## PART 1

## 소위 말하는 정상의 기준에서 벗어난 사람들

PART 2

## 다양한 기준이 필요한 사람들

PART 1

# 소위 말하는 정상의 기준에서 벗어난 사람들

# 늦깎이 초등학생이 되다

우리 시설로 우편물 하나가 날아들었다. 성훈 씨의 취학 통지서였다. 성훈 씨는 46세의 늦깎이 초등학생으로 작년에 입학했다.

우리 시설에서는 매년 12월에 크리스마스 행사를 연다. 이날을 위해 우리는 거주인에게 미리 원하는 선물을 묻고, 그에 맞는 선물을 준비해 둔다. 거주인들이 원하는 선물은 거의 게임기, 면도기, 가방 같은 것들이다. 그러나 성훈 씨는 매번 노트와 볼펜을 말했다. 성훈 씨는 외출해서도 팬시 코너를 어슬렁거리다가 문구류 하나는 꼭 산다.

'장애의 정도가 심한 장애인(과거 1~3급 중증장애인)'인 성훈 씨는 늘 사물함에 볼펜과 공책을 고이 모셔 둔다. 이쯤 되면 다들 성훈 씨가 글자를 읽고 쓸 수 있다고 생각하겠지만, 사실 성훈 씨는 글자를 전혀 모른다. 공책에 이름을 빼곡히 적어 두고 '정성훈'이라고 읽기는 하지만, 글자를 하나하나 떼어 두면 읽지 못한다. 미루어 짐작하건대, 성훈 씨는 글자를 알고 쓴다기보다는 그림으로 인식하고 쓴다는 표현이 맞다.

해마다 그에게 소원을 물어보면 취직하거나, 학교에 가고 싶다고 말한다. 그러나 우리 시설은 시골에 있어서 장애의 정도가 심한 장애인은 도시에서보다 일자리를 구하기 힘들다. 성훈 씨가 시설 근처에 있는 찜질방에서 일한 적이 있지만, 손님들이 불편해한다는 이유로 몇 달 일하고 그만둘 수밖에 없었다. 그 이후로 성훈 씨는 직업교육이나 취업 훈련 서비스 등을 지원받지 못하고 있다.

성훈 씨의 또 다른 소원은 학교에 입학하는 것이다. 그래서 10년 전쯤 근처 학교와 교육청에 성훈 씨의 입학 가능 여부를 물은 적이 있다. 그러나 '학령기가 아니다, 다 큰 성인을 여성인 특수교사가 지도하기 부담스럽다' 등의 이유로 입학이 어렵다는 답변을 들었다. 그렇게 성훈 씨의 소원은 모두 사라졌다.

작년에 성훈 씨가 입학할 수 있게 된 건, 우리 시설에 방문한 순회교육 특수교사 덕분이다. 연초에 우리 시설에 방문했다가 성훈 씨의 사정을 듣고 교육청에 입학 허가가 날 수 있도록 힘써 주셨다. 이번 일로 누구를 만나느냐에 따라 거주인이 받는 서비스가 달라질 수 있음을 느꼈다. 지금 순회교육 특수교사는 주어진 상황보다는 개개인에게 관심을 두고 행정 처리를 해주시는 분이다. 10년 전, 성훈 씨가 입학할 수 없었던 게 특수교사 개인의 문제 때문인지, 제도적 문제 때문인지는 모르겠으나, 그때와 지금의 온도 차가 크게 느껴진다.

성훈 씨는 취학 통지서가 오기 전까지 몇 번이나 사무실에 찾아와 입학 여부를 물었다. 그러고는 초등학생이 되었다는 말에 나이에 맞지 않게 활짝 웃었다. 지금은 돌아가셨지만, 성훈 씨의 어머니도 장애인이셔서 이곳에 함께 살았다. 아마 아들의 입학 소식을 들으셨다면 엄청나게 좋아하셨을 것이다. 성훈 씨와 어머니가 손잡고 나란히 학교 입학식에 참석하는 모습을 상상해본다.

장애의 정도가 심한 장애인의 입학에 대해 부정적으로 생각하는 사람도 있다. 학교에 다녀도 학습 효과가 크지 않으리라 보기 때문이다. 그러나 우리가 이들을 학교에 보내려는 궁극적인 이유는 학업적 성취를 이루거나 자립을 위해서가 아니라, 사회 속에서 사람들과 어울리며 연립할 기회를 제공하기 위함이다.

김도현 활동가는 "우리는 무인도에서 홀로 살아가는 로빈슨 크루소가 아니라, 타인과 '더불어 살아가는' 연립적 존재이기 때문이다. '사이존재'인 인간은 언제나 혼자서 무언가를 판단하고 결정할 수 없다."[1]라고 하였다. 성훈 씨는 학교생활을 통해 사람들과 소통하게 되었으므로 연립할 기회를 얻었다. 그리고 더 나아가 자기 결정권을 실현할 수 있게 되었다.

작년에 우리 아이들도 초등학교에 입학했다. 그러나 엄마로서 아이를 학교에 보내는 감정과 사회복지사로서 성훈 씨를 학교에 보내는 감정은 달랐다. 아이들의 입학은 학령기에 접어들어 자연스럽게 이루어진 것이지만, 성훈 씨의 입학은 기약 없는 기다림의 결과물이었다. 성훈 씨의 입학에 사회복지사로서 풀지 못했던 문제를 푼 것처럼 후련했다.

성훈 씨는 초등학교 졸업 후 중·고등학교에 진학하고, 친구들과 소풍이나 수학여행도 가게 될 것이다. 단, 우리가 시설 종사자로서 성훈 씨의 학교생활 전반을 보조하는 역할은 하지 않았으면 좋겠다. 일반 가정에서 부모가 자녀의 수학여행에 따라가지 않듯, 우리도 성훈 씨를 돕고자 동행하는 일이 없기를 바란다. 우리도 학부모의 역할까지만 하고 싶다.

성훈 씨가 학교라는 공간에서 많은 사람과 관계를 맺고, 관계를 확장하여 연립할 방법을 배워나가길 바란다. 장애인이라고 놀림당하거나 차별당하지 않았으면 좋겠다. 성훈 씨가 사회에서 온기를 느끼길 바란다.

비장애인은 생애주기에 따라 때가 되면 당연하게 학교에 가고, 취업하고, 결혼한다. 그러나 장애인에게는 간절히 원해도 이루기 힘든 것들이다. 사회 구조가 개선되지 않는 한은 누리기가 힘들다. 이곳의 거주인을 포함한 장애인은 학습 능력 부족으로 학습권이 제한되어 있다. 그러나 능력 여부와 상관없이 권리는 보장되어야 한다. 권리는 능력에 따라 있다가도 없어지는 것이 아니다.

장애인이 학교에서 공부할 수 있는 여건은 사회가 시스템을 구축해 지원해야 할 부분이다. 장애인이 학교에 가지 못하는 건 장애인 개인에게 문제가 있어서가 아니라, 사회 제도가 뒷받침되지 못했기 때문이다. 김도현 활동가는 "장애인이기 때문에 차별받는 게 아니라, 차별받기 때문에 장애인이 된다"[2)]라고 말했다. 즉, 사회는 장애인이 권리를 행사할 수 없는 문제를 개인의 문제가 아니라 사회 구조의 문제로 바라봐야 한다.

또한, 비장애인은 장애인을 지역 주민으로 받아들일 준비를 해야 한다. 장애인은 사람들과의 관계 속에서 연립하는 방법을 배워야 하는 존재다. 사람과의 소통이 필요하다. 비장애인과 장애인이 함께할 때 사회 제도가 변화하고 시설이 개선된다. 그렇게 되어야 비로소 장애인은 기회를 얻고, 경험을 쌓아 세상 속에서 자립할 수 있을 것이다.

사회복지 현장에서 우리가 할 일은 비장애인과 장애인의 사이에서 오는 어색함이 자연스러움으로 변화될 때까지 그들과 관계를 맺어나가는 일이다. 우리는 이 일을 멈추지 않을 것이다.

# 당신이 웃음거리로 사용한 소재는 누군가의 삶입니다

한 개그맨이 개인 유튜브 채널에서 뇌병변장애인의 어눌한 말투와 몸짓을 흉내 낸 적이 있다. 사람들은 그 영상에 "웃기다", "재밌다"라는 댓글을 서슴없이 달았다. 그러나 한 번쯤은, 그 댓글을 읽는 사람 중에 장애인이 있을 수 있고, 그 장애인이 누군가의 가장이며 자녀일 수 있다는 걸 생각해주었으면 한다.

코 흘리는 분장을 하고 바보를 연기하는 한 개그맨이 대학에서 바보 분장 잘 하는 법을 가르친 적이 있다고 한다. 아마 그에게 강의를 들은 학생은 나중에 또 코 흘리는 분장을 하고 바보를 연기할 것이다. 그리고 장애인을 만난 경험이 없는 사람들은 그의 연기를 보며 장애인에 대해 잘못 인식할 것이다.

장애를 웃음의 소재로 삼는 개그맨들을 보면 인권 감수성이 결여된 사람, 직업의식이 없는 사람으로 보인다. 인권 감수성이란, "일상생활에서 만나는 다양한 자극이나 사건에 대하여 매우 작은 요소에서도 인권적인 요소를 발견하고 적용하면서, 인권을 고려하는 것을 말한다".[3] 나는 방송통신심의위원회나 유튜브 관계자에게 장애인, 노인, 아동, 성 소수자 등을 포함한 모든 사람의 인권을 침해하는 요소에 대해 민감하게 모니터링하고 시정하기를 요구하고 싶다.

뇌병변장애인을 흉내 낸 개그맨은 누군가가 상처받는 일을 염려하기보다, 대중에게 즐거움을 주는 일이 우선이었을 것이다. 그러나 생각 없이 한 그의 행동은 장애인에겐 삶이다. 그는 타인의 삶을 무례하게 침범했다. 장애인을 희화화하는 행동을 멈추어주길 바란다.

방송에만 국한한 건 아니다. 2년 전, 한 방송인이 출간한 책의 띠지에 '병맛'이라는 단어가 쓰인 것을 보았다. 설명하지 않아도 무슨 뜻인지 예상할 수 있는 이 단어는 '병신 같은 맛'의 줄임말이다. "병맛이란, 조롱의 의미를 담아 맥락 없고 형편없으며 어이없는 것을 접할 때 주로 쓴다"[4]라고 정의되어 있기도 하다. 띠지에 꼭 이런 단어를 써야 했을까? 장애인이 이 책을 볼 때 상처받을 예상은 미처 하지 못한 건지, 장애인 독자를 아예 배제한 건지 잘 모르겠다. 그러나 이 책의 독자는 장애인을 포함한 누구나 될 수 있다. 책을 쓰는 작가와 책을 만드는 출판 관계자 모두 누군가를 조롱하는 단어를 단순히 유행어라고 쓰기보다, 그 의미를 면밀히 살펴 취사선택해주면 좋겠다. 더불어 광고 문구처럼 일상에서 흔히 접하는 매체에서도 세심히 살피는 배려를 보여준다면, 인권 감수성 높은 사회가 될 것이다.

그렇다면 일상에서 아무렇지 않게 사용하지만, 장애인을 비하하는 의미가 담긴 단어에는 또 무엇이 있을까?

중학교 때 일이다. 친구와 크게 말다툼했다. 친구는 다툼에서 불리하다고 느꼈는지 나에게 "병신 같은 게"라고 했다. 지금이라면 따졌겠지만, 어렸던 나는 그 순간 아무 말도 하지 못했다. 30년이 지난 지금도 그 친구와 왜 싸웠는지는 기억나지 않는다. '병신'이라는 단어만 마음에 비수로 남았다. '병신'은 내 친구처럼 악의를 갖고 사용하는 사람도 있지만, 의식하지는 못하고 사용하는 사람이 훨씬 많은 단어다.

'벙어리장갑'도 장애인 비하가 담긴 대표적인 표현이다. 벙어리는 청각장애인, 언어장애인을 비하하는 표현이고, 벙어리장갑은 "언어

장애자는 성대와 혀가 붙어있다는 잘못된 속설을 믿은 옛날 사람들이 네 개의 손가락이 하나로 붙어있는 형태의 장갑을 보고 벙어리장갑으로 부르기 시작했다"[5]라고 한다. 물론, 장애인을 비하할 의도로 사용된 단어는 아닐 것이다. 그러나 내가 병신이라는 말을 듣고 기분이 나빴던 것처럼, 청각장애인은 벙어리장갑이라는 단어를 들을 때마다 기분이 나쁠 것이다. 벙어리장갑에 대해서는 김청연 작가의 《왜요, 그 말이 어때서요?》를 그대로 옮겨본다. "한 사회복지법인에서 벙어리장갑에 다른 이름을 붙이자는 캠패인을 한 바 있어. (중략) 일단 후보들로는 북한에서 사용하는 '통장갑', 엄지손가락만 보인다는 뜻에서 '엄지장갑', '손모아장갑' 등이 올라왔는데 이 중 '손모아장갑'이 선정됐어".[6]

이 외에 머저리, 장님, 절름발이, 애자, 결정 장애 등이 여전히 아무렇지 않게 사용되는 장애인 비하 단어이다. 이들 단어 모두 장애인을 낮잡아 보는 시선이 존재한다. 무심결에 사용했을지라도 상처받는 사람들이 있다는 사실을 우리는 알아야 한다.

오바마 전 미국 대통령은 "우리를 더 나아지게 만드는 것은 타인의 신발을 신고 설 수 있는 능력이다"라고 말했다. 이와 비슷한 주장을 펼치는 사람이 있다. 바로 일본의 칼럼니스트 브래디 미카코

(Brady Mikako)이다. 그녀는 《타인의 신발을 신어보다》에서 "엠퍼시(Empathy)란 'To put yourself in someone's shoes'라는 '남의 입장이 되어본다'라는 뜻의 관용 표현"[7]이라고 정의했다.

공감을 넘어 엠퍼시의 마음으로 상대를 생각한다면 어느 특정 집단을 딱히 가엾게 여기지 않을 것이다. 나와 의견이나 생각이 다른 누군가의 입장이 되어보는 연습을 한다면 장애인의 뒤틀린 몸짓을 흉내 내는 일도 없을 것이며, 장애인을 흉내 내는 영상을 보면서 "재밌다"라는 댓글을 다는 일도 없을 것이다. 우리는 단어의 의미를 정확히 알고, 민감하게 사용할 필요가 있다.

# 나도 이제 편안하게 투표하고 싶다

선거일이 되면 우리 시설에 투표소가 설치된다. 그래서 이곳의 거주인들은 선거 때마다 빠짐없이 투표한다. 그러나 선거를 치르고 나면 우리 투표소에서 무효표가 많이 나왔다는 이야기를 듣는다. 아마도 우리 시설과 인근에 있는 중증장애인요양시설에 거주하는 지적장애인들 때문일 것이다.

처음에는 무효표가 많이 나왔다는 말에 웃음이 나왔다. 그러다가 왜 무효표가 많이 나왔는지에 곰곰이 생각해보니, 중앙선거관리위원회에서 지적장애인의 특성에 맞게 선거를 준비하지 않았기 때문이라는 결론에 이르렀다.

현재 우리 시설에서는 투표하기 전에 투표 방법을 그림으로 제작해 교육하고 모의 투표를 해본다. 또한, 자체적으로 2년에 한 번씩 거주인 대표자를 뽑는 '거주인 대표 선거'를 치르고 있다. 거주인 대표 선거 방식은 중앙선거관리위원회에서 시행하는 방법과 다소 다르다. 그중 몇 가지를 말씀드린다. 장애인이 투표하는 권리를 행사하게 하는 데에 도움이 될 것이다.

첫째, 후보자의 공약을 사진으로 만든다. 예를 들어 후보자가 깨끗한 환경을 만들겠다는 공약을 내걸었다면, 후보자가 직접 청소하는 장면을 선거 공보물로 제작한다. 글자를 모르는 지적장애인에게 현재 중앙선거관리위원회에서 제공하는 선거 공보는 무용지물이다.

둘째, 투표용지를 A4 크기로 제작한다. 투표용지를 크게 제작하는 이유는 도장 찍는 칸이 좁아 무효표가 나오는 것을 방지하기 위해서다. 우리 시설은 지적장애인거주시설이지만, 중복장애로 뇌병변장애가 있는 장애인도 함께 살고 있다. 이들은 자신이 원하는 후보자 칸에 도장을 찍으려다가 의지와 상관없이 움직이는 팔로 인해 다른 후보자 칸에 도장을 찍기도 한다. 투표용지를 크게 제작할 예산이 부족하다면, 불수의적으로 손이나 팔이 흔들리는 장애인을 위한 투표용지가 따로 제공되면 좋겠다.

우리 시설에서는 시행하고 있지 않지만, 기표 용구도 조금 커졌으면 한다. 손과 팔이 떨리는 이가 작은 기표 용구를 들고 칸에 맞춰 도장을 찍는 일에는 무척 세밀한 힘 조절이 필요하다. 그야말로 안간힘을 써야 한다. 우리 시설에서도 앞으로 개선해야 할 부분이다.

셋째, 투표용지에 후보자의 사진, 이름, 기호를 함께 인쇄한다. 글자와 숫자를 모르더라도 투표할 수 있게 하려는 조치이다. 후보자의 얼굴이 들어간 투표용지만큼 후보자를 정확히 전달하는 것은 없다.

발달장애인 참정권 캠페인과 서명 운동은 2019년 서울에서 처음 시작되었다. 투표용지에 사진을 삽입해 줄 것을 몇 년이나 요구해도 받아들여지지 않아 장애인 단체들이 국민 서명 운동에 나선 것이다. 그래도 여전히 국회는 이미지 선거가 될 수 있다며 난색을 보인다. 이미 다른 나라에서는 그림 투표용지가 제공되고 있는데도 말이다.[8] 이미지 선거가 우려되어 사진이 삽입된 투표용지 제공이 어렵다면, 국회는 차선책을 마련해야 한다. 지체장애인, 발달장애인 등이 불편함 없이 투표할 수 있는 환경을 제공하는 건 국가의 의무다. 무효표가 많이 나온 사실을 지적장애인 개인의 탓으로 돌리는 건 옳지 못하다.

간혹 몇 안 되는 장애인을 위해 이렇게 많은 예산을 써야 하는지 의문을 제기하는 사람이 있다. 이 문제에 대해서는 비장애인의 투표 현장에 불편한 상황이 발생했을 때 어떻게 해결하는지를 생각해보면 좋겠다. 지난해에는 코로나 팬데믹으로 인해 사전 투표장에 코로나 확진자를 위한 공간이 따로 마련되었다. 그러나 난방 시설이 없어 가뜩이나 아픈 확진자들이 추위를 견뎌야 했고, 가리개가 없어 전염을 막기 어려웠다는 불만이 터져 나왔다. 그리고 이는 사전 투표장의 운영과 관리가 주먹구구식으로 이루어졌다는 평가와 방역 대책의 미흡함에 대한 지적으로 이어지며 모두 중앙선거관리위원회의 책임으로 돌아갔다.

장애인 유권자의 선거권 보장은 1998년 공적 선거 후보자 방송 연설에서 수어 방송을 의무화하면서 이루어졌다. 그러나 20여 년이 훌쩍 지난 지금도 개선해야 할 것이 많다. 우선 발달장애인이 이해하기 쉬운 자료를 제공할 것을 10년 가까이 요구하고 있으나, 선거관리위원회는 연구사업 하나 진행하지 않고 있다. 내 생각에는 발달장애인보다 코로나 확진자의 선거권 보장을 위한 개선이 더 빠르게 이루어질 것 같다.

현실을 살펴보자. 2022년 제20대 대통령 선거의 중앙선거관리위원회에서 지적장애인거주시설에 보낸 투표 안내 책자에는 분명히 "장애 당사자는 투표 사무보조원을 지정할 수 있으며, 손을 자유롭게 쓰지 못하는 장애인은 밴드형 기표 용구와 마우스피스형 기표 용구를 사용할 수 있다"라고 기재되어 있었다. 우리는 이 안내에 따라 투표할 수 있었을까?

우리 시설에는 뇌병변장애와 지적장애가 있는 중복장애인 지은 씨가 산다. 지은 씨가 투표하고 왔을 때, 불편한 점은 없었는지 물었다. 그러자 지은 씨는 안내 책자에 설명된 것과 달리 당일 투표 사무보조원을 지정할 수 없었다고 했다. 그날 지은 씨는 사전 양해 없이 처음 보는 투표 사무보조원의 도움을 받아 투표했다. 지은 씨로서는 당황스러운 일이다. 그들이 지은 씨의 투표를 도운 이유는 지적장애인이 자기 결정권을 행사할 수 있게 하기 위함이었을 것이다. 그러나 정말 그런 이유였다면, 낯선 환경을 두려워하는 지적장애인을 위해 친분이 있는 사람 한 명과 자기 결정권 침해 방지를 위한 투표 사무보조원 한 명이 배치되어야 했다.

투표소 내에 밴드형 기표 용구와 마우스피스형 기표 용구를 제공하겠다는 사전 공지와는 달리, 아무것도 비치되어 있지 않기도 했다. 지은 씨는 흔들리는 손으로 도장을 찍을 수 없어 결국 투표 사무보조원이 대신 기표해주었다며, 자신이 지지하는 후보가 공개되어 불쾌했다고 했다. 게다가 지은 씨는 장애 특성상 발음이 부정확하다. 몇 년을 같이 생활한 우리도 여러 번 다시 말해달라고 요청하는데, 투표 사무보조원이 제대로 알아들었을지 의문이다. 지은 씨는 투표할 때 많이 긴장해 몸이 경직되었고, 다음에는 편안하게 투표할 수 있었으면 좋겠다고 말했다.

대한민국 국민의 참정권은 누구나 보장받아야 하며, 개선점 요구 또한 당연한 권리이다. 다시 말하지만, 중앙선거관리위원회는 지적장애인이 지지하는 후보를 정확하게 투표할 수 있도록 선거 공보와 그림 투표용지를 제공해야 한다. 그리고 낯선 환경으로 인한 불안감을 줄이고 투표 과정에 불편함이 없도록 장애 당사자가 투표 사무보조원을 지정하는 것이 실질적으로 실행될 수 있게 해야 한다. 다양한 기표 용구를 마련해 장애 당사자가 스스로 투표할 수 있는 범위를 넓혀가는 데도 힘써야 한다. 중앙선거관리위원회가 국민 세금으로 자신의 역할을 책임 있게 수행하였으면 하는 바람이다.

# 장애인은 왜
# 기계치일 수밖에 없는가?

초등학교 3학년 때 일이다. 버스정류장에서 버스를 기다리다가 과외 선생님을 만났다. 반가운 마음에 인사드렸더니 선생님은 우유를 마시라며 자판기에 동전을 넣어주고 가셨다. 자판기에서 종이컵이 나오고 우유가 쪼르르 나왔다. 순간, 나는 안절부절못했다. 자판기에서 종이컵을 꺼내야 하지만, 뇌병변장애가 있는 나는 팔과 손의 불수의 운동으로 음료를 따르거나 들 수 없다. 여기서 '불수의 운동'이란 자신의 의지와 관계없이 일어나는 근수축 운동을 뜻한다.

나는 자판기를 이용할 다음 사람을 생각해서 약간의 화상을 입으며 겨우 종이컵을 꺼내다가 우유를 다 쏟고 말았다. 당시에는 내가 장애인인 것도 알고, 어디가 불편한지 알면서도 동전만 넣어주고 가신 선생님이 원망스러웠다. 추운 날 몸을 녹이라고 주신 따뜻한 우유 한 잔의 배려가 나에게는 난처했던 기억으로 남았다.

최근 키오스크(Kiosk, 무인정보단말기)를 이용하는 점포와 공공 기관, 무인 매장 등이 늘고 있다. 키오스크는 사업자의 인건비 부담을 줄이고, 소비자에게 신속한 주문과 결제 서비스를 제공하기에 앞으로 더 대중화할 것이다. 비대면 사회의 요구 때문에라도 더 확산할 것으로 보인다. 그러나 이는 모두 비장애인의 입장이다. 장애인의 시선에서 키오스크에 관해 이야기해보자.

2018년 〈비마이너〉에 실린 시각장애인과 휠체어 이용자의 키오스크 이용에 관한 기사에 따르면 "키오스크는 터치스크린에 점자나 버튼이 없어 저시력자나 시각장애인에게는 불편할 뿐이고, 휠체어 이용 장애인에게는 키오스크와 휠체어 간의 위치가 맞지 않아 사용이 어렵다"[9]라고 한다. 화면을 보고 글자를 읽을 수 있고, 기계를 어느 정도 다룰 줄 아는 인지 능력 함양이 키오스크 이용의 기본값이라는 뜻이다. 즉, 키오스크를 이용할 수 있는 사람은 '누구의 도움도 받지 않고 스스로 할 수 있는 사람'이므로 장애인, 아동, 노인은 배제된다. 누구나 사용할 수 있는 것이 아니라 누군가는 사용하지 못한다는 뜻이다.

이곳의 거주인 역시 키오스크 이용이 어렵다. 글자를 모르거나 인지 능력이 낮아 키오스크 사용법을 잘 이해하지 못하기 때문이다. 어떤 사람은 매장 내에 직원이 있는 곳을 이용하면 되지 않느냐 반문할 것이다. 그러나 키오스크를 사용할 수밖에 없는 경우도 있다. 무인민원발급기를 이용해 가족관계증명서나 인감증명서 등을 발급받아야 할 때다.

우리 거주인 중에는 지적, 지체, 뇌병변, 청각 등 중복장애가 있는 분들이 있다. 이런 거주인은 인지 능력이 낮거나, 손이 떨려 무인민원발급기 사용이 불가하다. 나도 손의 불수의적 운동으로 매번 등록된 지문과 불일치하다고 나온다. 그래도 나는 관공서에 방문하여 장애인임을 설명하는 번거로움과 도움을 요청하며 느끼는 위축감만 감안하면 대면 서비스를 받을 수 있다. 그러나 우리 거주인은 그조차 허용되지 않는다. 본인 확인이 안 되기 때문이다. 멀리서 사는 보호자가 시설 종사자인 우리에게 권한을 위임해도 정식 보호자가 아니라는 이유로 서류를 발급해주지 않는다. 보호자가 동행해도, 장애 당사자가 자기 이름을 쓰지 못한다면 이 역시 발급이 안 된다.

행정 절차가 이토록 까다로워진 이유는 장애인을 대상으로 한 사기 범죄 때문일 것이다. 그러나 문제를 해결하는 방식이 잘못되었다. 지적장애인을 상대로 사기 행각을 벌인 범죄자를 벌해야지, 법을 지키는 선량한 사람들까지 피해를 보게 해서는 안 될 일이다.

이런 상황을 마주할 때마다 우리가 이 일을 왜 하고 있는지에 대한 물음부터 시설 종사자인 우리가 사기치는 사람으로 보일까 싶다. 그러나 백번 양보해, 이런 감정을 장애인 복지를 업으로 삼은 이들이 감내해야 할 감정이라고 생각하고 넘어간다 해도 장애인 입장으로 보면 이야기가 달라진다. 분명 존재하지만, 자신의 존재를 인정하지 않는 사회를 어떻게 받아들여야 할까? 사회는 지적장애인을 고유성을 가진 한 사람으로 바라보기보다는 인지가 부족하여 무시해도 되는 집단으로 바라보는 것 같다. 개인 특성에 따라 서비스 제공하기보다는 일률적이고 인간미 없게 처리하는 행정 절차가 얄밉다.

2021년 10월, 키오스크 접근성 보장이 담긴 장애인차별금지법 개정안이 국회에 통과했다. 시행하기까지는 조금 더 기다려야 하지만, 국회가 장애인을 위해 움직이기 시작했다는 사실은 반갑다. 2020년 키오스크 개선에 관한 정책 브리핑에서는 앞으로 키오스크를 휠체어 이용자와 어린이가 편안하게 이용할 수 있도록 듀얼 모니터와 이동형으로 디자인될 거라고 밝혔다. 그리고 소상공인이 도입

하기에는 부담스러운 가격이므로 경제성 있는 하드웨어를 제작하겠다고도 하였다.[10) ]개인적으로는 설치 비용에 부담을 느끼는 소상공인을 위해 정부가 설치 비용을 보조하는 방안도 제시하고 싶다. 장애인의 키오스크 사용 접근성을 늘리는 것은 장애인 우대가 아니라 평등을 위한 조치일 것이다.

세상이 살기 편리해질수록 장애인의 고립은 심화하는 것 같다. 장애가 있어서 고립되는 것이 아니라, 발달하는 기술로 인해 더 고립되는 느낌이다. 약자라고 지칭되는 사람들이 어떠한 조건에 의해 배제당하는 일이 더는 없었으면 좋겠다. 누군가의 도움이 필요한 상황이 아닌 주체적으로 서비스를 이용할 수 있는 사회가 되었으면 한다.

# 아픈 손가락 대신 그냥, 자식

우리 시설은 분기별로 보호자 모임을 진행하는데, 2분기 보호자 모임은 꼭 어버이날이 있는 5월에 날짜를 정하고는 한다. 이날은 부모님이 오시기를 늘 손꼽아 기다리는 거주인들이 부모님을 뵙는 날이자, 부모에게 효도하는 몇 안 되는 날이다. 분위기도 다른 때와 사뭇 다르다. "왜 이리 자주 안 왔나?", "간식은 사 왔나?"라고 묻거나 용돈을 더 달라고 조르지도 않고, 나름 준비한 이벤트를 진행하기 위해 진지하다. 감사한 마음을 전하기 위해 생활재활교사에게 자신이 하고 싶은 말을 적어달라고 한 다음 그 글을 한 글자 한 글자 꾹꾹 눌러쓰며 옮기기도 하고, 프로그램 시간에 배운 카네이션 접는 법을 기억하고 있다가 새로 만들거나 그리기도 한다.

거주인들은 부모님께 드리고 싶은 선물로 황태, 옷, 케이크 등을 말한다. 우리가 거기에 맞춰 대신 선물을 준비해드리면, 부모님들의 반응은 다양하다. 좋아하는 분도 계시고, 쓸데없는 것에 돈 쓴다고 타박하거나 무덤덤한 표정으로 받는 분도 계시다. 그러나 내심 기분은 좋으셨으리라 생각된다. 이날은 재은 씨가 직접 만든 카네이션을 어머니 가슴에 달아드렸다. 그러자 어머니는 "딸에게 이런 것도 받는구나" 하시며 흐르는 눈물을 애써 훔치셨다. 재은 씨 또한 자신이 어머니를 위해 뭔가를 해드렸다는 사실에 뿌듯해하는 얼굴이었다.

이곳에 자녀를 맡긴 부모님들은 가끔 '자신이 죽으면 국가에서 자기 대신 자녀를 책임져 주는지'를 물으시고는, 자식보다 하루만 더 살았으면 좋겠다고 말씀하신다. 이곳에 사는 거주인은 부모에게 아픈 손가락이다. 그래서 팔순이 다 되어가는 부모도 자식을 '무언가 해주어야 하는 대상'으로 바라보신다.

우리 거주인들은 다른 자식처럼 어버이날에 큰 용돈을 드리거나 손자를 안겨드리지는 못한다. 그러나 이들 역시 부모님을 그리워하고, 명절에 잊지 않고 빨간 내복이나 이 지역 특산물을 선물로 준비해서 집으로 가는 자녀들이다. 제과 제빵 프로그램 시간에 만든 케이크를 엄마에게 가지고 가고 싶다고 말하는 이도 있다. 부모님을 생각하는 마음은 비장애인과 다르지 않다.

보통의 부모님들은 자녀를 유치원이나 학교에 보낼 때 선생님에게 미안하다고 말하지 않는다. 그러나 이곳에 자녀를 맡긴 부모님들은 우리에게 늘 아픈 손가락을 맡겨서 미안하다고 하신다. 우리 시설에 입소하는 거주인의 부모님들도 우리에게 그런 죄책감을 느끼지 않으셨으면 좋겠다. 아이가 유치원에 가고, 학교에 다니는 것처럼 이곳 역시 장애인이 사는 곳일 뿐이다. 어떤 부모님은 자식 얼굴이 보고 싶지만, 형편이 여의찮아 빈손으로 오기 민망하다며 발걸음하지 않으시기도 하고, 간식이라도 사 오고 싶은 마음에 미루고 미루다 자식 얼굴 한 번 더 못 보고 돌아가시는 분도 계신다. 그러나 부담 갖지 말고, 자식이 보고 싶으시면 언제든지 오셨으면 좋겠다. 부모님 얼굴 보는 것 자체가 이들에게는 선물이다.

시설에 자녀를 맡기는 부모님들께 부탁드리고 싶은 게 있다. 이곳 거주인들은 부모를 그리워하다 못해 자신이 '버려진 존재가 아닌지'에 대한 의심이 있다. 그런 의심을 하지 않도록 안정감을 주셨으면 한다. 이들은 여러 이유로 명절날 귀가하지 못하거나, 시설 행사에 부모님이 오시지 않으면 의기소침해한다. 마치 공개 수업이나 운동회에 부모님이 오지 않으면 속상해하는 어린아이의 마음과 같으리라 짐작한다.

은식 씨의 어머니는 보호자 모임이 있는 날마다 버스를 네 번이나 갈아타고 오셨었다. 그러나 은식 씨가 어머니를 뵙고도 데면데면한 얼굴을 하자, 아들이 자신을 알아보지 못한다며 섭섭해 우신 뒤로는 예전만큼 방문하지 않으신다. 그 후 은식 씨는 바지에 소변을 누거나, 옆에 있는 친구들에게 심술을 부렸다. 이런 행동은 자신의 기분을 표현하는 언어이다. 안타까워 외출도 나가고 맛난 음식도 사 먹었지만, 그 마음은 좀처럼 달래지지 않았다.

우리 거주인들의 부모를 그리워하는 마음은 미술치료 수업 때 그리는 그림에도 나타난다. 미술치료사 선생님이 거주인들의 그림을 보며 '부모님이 나를 버린 게 아닌가' 하는 의심이 드러난다고 했다. 자신의 존재를 부정하는 마음이 그림에 나타난다고 말이다.

사정이 있어서 오지 못할 수도 있다. 그럴 때는 사전에 거주인에게 전화하여 이해를 구하셨으면 좋겠다. 그래야 이곳에 사는 거주인이 부모가 날 잊은 게 아니라는 것을, 내가 미워서 오지 않는 게 아니라는 것을 알고 안심한다.

3년 전부터 코로나로 인해 보호자 모임을 열지 못했다. 이번에도 보호자 모임을 대면이 아닌 서면으로 진행했다. 거주인들은 직접 카네이션을 달아드리고 싶은 마음을 뒤로하고, 전화만 드렸다. 이날은 아픈 손가락이 아니라 그냥, 내 자식이 어버이날을 맞이하여 부모님께 감사한 마음을 전하기 위해 전화 드린 것으로 알아주셨으면 좋겠다. 이들도 부모에게 사랑만 받는 존재가 아니라 부모님께 받은 사랑을 돌려줄 수도 있는 자식임을 알 기회를 주셨으면 좋겠다. 이날만큼은 기쁘게 전화를 받으시면 좋겠다.

## 당신에게는 일상이지만,
## 나에게는 체험이라고 말하네!

아이와 외출했을 때의 일이다. 차 창밖으로 저상 버스를 처음 본 아이가 물었다. "엄마, 저 버스는 내가 보던 버스랑 다르네. 저 버스는 뭐야?".

저상 버스는 휠체어 이용자가 버스에 오르내리기 쉽도록 바닥이 낮고 출입문에 계단이 없는 버스로, 장애인뿐 아니라 노인이나 어린아이도 편안하게 이용하는 교통수단이다. 만약, 모든 버스가 애초에 저상 버스였다면 저상 버스가 아이의 눈에 색다르게 보이지 않았을 것이다. 아이에게 버스는 비장애인만 타는 게 아니라 당연히 누구나 탈 수 있는 교통수단으로 자리 잡았을 것이다.

언제쯤이면 휠체어 이용자가 아무 제약 없이 버스를 타고 원하는 목적지까지 이동할 수 있을까? 리프트에서 낙상하는 사고가 나도 전혀 이상하지 않은 이 상황에, 도대체 언제까지 목숨을 내놓고 이동해야 할까? 실제로 2001년, 70대 장애인 부부의 오이도역 휠체어 리프트 추락 사건에 대한 궁금증은 22년이 지난 지금도 전혀 해결되지 않았다.

1981년, 버스를 타고 맨해튼으로 향하려던 휠체어 이용 장애인 데니즈 메크에이드는 승차를 거부당한다. 열쇠가 없어 휠체어 리프트를 이용할 수 없다는 이유에서였다. 이에 그녀는 기사에게 열쇠를 가지고 오라고 요구한다. 체포될 각오를 하고서 한 요구였다. 그러고는 비난하는 승객들에게 "장애인의 권리는 매일같이 침해되고 있다. 그렇기 때문에 오늘 이 같은 승객에게 불편을 주는 일이 생긴 것이다. 그러나 이것은 한 번뿐인 일이다. 여러분은 불편하더라도 한 번쯤은 참아주어야 한다"라고 설득했다.[11] 안타깝지만 1981년에 일어난 이 일은 현재 진행형이다.

최근 전국장애인차별철폐연대의 지하철 시위로 많은 시민이 불편함을 겪고 있다. 그러나 비장애인에게는 일시적 불편함이겠지만, 장애인에게는 그렇지 않다. 장애인은 지금껏 대중교통을 이용하며 불편함과 제한을 당하며 살아왔다. 사고에 노출된 휠체어 리프트를 탈 수밖에 없는 현실이 서글프다.

만약 어느 지하철역에 설치된 계단이 위험에 노출되어 있다는 기사가 뜬다면, 그 계단을 이용할 사람이 몇이나 될까? 이용은커녕 사고가 날 위험이 있으니 보수 공사를 해달라거나, 재설치를 요구했을 것이다. 시민의 안전과 관련된 사회 문제이니 당연히 요구해야 할 사항이다. 그런데 왜 장애인의 모든 지하철역 내 엘리베이터 설치 요구는 개인의 요구가 되어버리는 걸까? 장애인의 외침은 왜 민폐를 끼치는 행동이며, 이기적인 모습이 되어버리는지 궁금하다.

또한, 사람들이 버스나 지하철을 타는 것은 평범한 '일상'이다. 타고자 하는 의지가 있으면 언제든 탈 수 있다. 그러나 장애인이 버스나 지하철을 타는 데는 '체험'이라는 말이 붙는다. 이날은 장애인이 대중교통을 타보는 일을 계획하고 돕는 사람을 섭외하며, 장애인에게 여러 번거로움을 감수하고 버스나 지하철을 타보게 한다. 그러나 이런 일이 좋은 추억으로 채워지는 건 아니다. 버스에서는 시간 지체를 유발한다는 이유로 승객들에게 불평을 듣고, 지하철에서는 휠체어 지정석을 양보받는 불편함을 겪는다. 지적장애인도 마찬가지다. 몸을 반복적으로 움직이거나 중얼거리면 조용히 하라는 항의를 받거나, 무언의 시선으로 폭력을 당한다.

그렇다면 장애인은 왜 이 따가운 시선에도 대중교통을 이용하려 하는가? 장애인 또한 사회의 구성원이기 때문이다.

사람들은 나와 무관한 장애인 때문에 엘리베이터를 설치하고, 저상 버스를 확대하는 데에 세금이 쓰이는 걸 원치 않는다. 우리나라의 교통 정책이 국민의 세금으로 세워지는데도 말이다. 왜 장애인은 국민임에도 교통 정책에서 배제되어야 하는가? 장애인의 이동권은 보장받아야 마땅하다. '왜 우리가 장애인을 위해 돈을 써야 하는가?'라는 의문을 가진다면 잘못이다. '왜 처음부터 장애인을 고려한 편의시설을 반영하지 못했는가?'라고 묻는 게 정확하다. 예산 낭비라고 장애인에게 따져 묻기보다는 비장애인의 기준으로 설계한 사람에게 책임을 묻는 게 옳다. 교통 정책은 애초에 장애인이 사용할 거라는 가정하에 세웠어야 하는 부분이다.

교통수단 이용이 어려운 장애인이 버스를 알아서 타야 하는 구조는 차별에 해당한다. 전국 모든 버스 정류장에는 시각장애인이 버스를 놓치는 일이 없도록 몇 번 버스가 도착했는지를 알려주는 음성 서비스가 실시되어야 하고, 모든 버스에는 휠체어 장애인이 제한 없이 이용할 수 있도록 휠체어 리프트가 설치되어야 한다.

간접 차별이란, 형식상으로는 장애인과 비장애인을 구별하지는 않으나 장애를 고려하지 않는 기준을 적용함으로써 장애인에게 불리한 결과를 초래하는 것을 말한다. 그러므로 비장애인 기준으로 탑승하도록 만든 대중교통은 간접 차별에 해당한다. 장애인을 직접 차별하는 것은 아니지만, 암묵적으로 간접 차별을 하는 것에 동의하는 것이다.

'편의시설'이라고 부르는 표현도 생각해보자. 편의란 약자를 위한 배려라는 의미가 포함된 단어이다. 그러므로 장애인 주차 구역, 전동 휠체어 급속 충전기 등이 장애인편의시설로 불리는 것은 안타까운 일이다. 이동권이 왜 배려로 둔갑해야 하는가? 이동권은 필수로 보장되어야 하며, 설치 여부를 생각할 필요가 없다.

이러한 생각의 전환은 장애인 개인을 위해서가 아니라 건강한 사회를 만들기 위함이다. 비장애인만 편리하게 이용할 수 있는 교통수단이 아니라, 누구나 이용할 수 있는 교통수단을 만들기 위한 고민은 사회적 책임이다.

장애 커뮤니티의 리더이자, 미국의 장애인 권리 운동가 주디스 휴먼(Judith Heumann)은 보건교육복지부 건물에서 장기간 시위를 하여 장애인 차별금지 조항의 법적 효력을 얻어냈다. 그녀처럼 장애인들은 교통수단 이용이 체험이 아닌 일상이 되는 그날이 올 때까지

사회 활동의 반경을 넓혀나가고, 개선점을 요청해야 한다. 개인적으로는 장애와 상관없는 사람들이 동참해 힘을 보태주면 좋겠다. 장애인이 진정으로 사회 구성원으로서 설 수 있는 시간이 앞당겨질 것이다.

# 출발선부터 다르다

최근에 아이들이 학교에서 장애인식 개선 교육을 받았는지 한 녀석이 나에게 "엄마는 장애인이지?" 하고 물었다. 장애인이 무슨 뜻인지 아느냐 물으니, "그럼, 나도 이제 초등학생인데 그 정도는 알지"라고 한다.

아이들은 최근 나를 '몸이 불편한 엄마'에서 '장애인'이라는 정식 명칭으로 부르기 시작했다. 예전에는 아이들이 나를 장애인이라고 정확하게 인식하고 부르면 어떤 기분일지 궁금했다. 짐작조차 되지 않았고, 그런 순간을 외면하고 싶은 게 솔직한 내 심정이었다. 그러나 막상 아이가 나의 장애를 정확히 알고 말하자, 생각보다 덤덤하고 마음이 크게 동요하지 않았다. 전전긍긍했던 마음이 홀가분해졌다는 게 정확한 표현이다.

그 일이 있은 지 며칠 후, 아이들과 미니 골대에 누가 더 공을 많이 넣는지 내기를 했다. 내가 졌다. 그러자 아이는 "엄마는 장애인이라서 못하는 거야"라며 내게 핀잔을 주었다. 그 말의 저의에는 '장애인은 모든 것을 못 한다'라는 의미가 깔려 있다. 아이들에게 장애인에 대한 잘못된 인식을 바로잡아줄 기회라고 생각되어 '줄넘기나 백 미터 달리기 등을 잘하는지'를 물어보았다. 아이는 잘하지는 못하지만 연습하면 할 수 있다고 답했다. 나는 장애인도 같다고 말해주었다. 장애인이라고 뭐든 못하는 것은 아니며, 엄마가 공을 많이 넣지 못한 것은 장애인이라서가 아니라 운동 신경이 둔해서라고 말이다. 유튜브로 휠체어 농구 영상도 보여주었다. 아이들은 그간 농구는 두 다리로 뛸 수 있는 사람만이 할 수 있는 운동이라고 생각했는지 놀라는 눈치였다.

그런데 만약 비장애인 선수와 휠체어를 탄 장애인 선수가 겨루면 누가 이길까? 당연히 비장애인 선수가 이길 것이다. 경기의 규칙이 비장애인을 기준으로 만들어졌기 때문이다. 그렇다면 비장애인 선수와 장애인 선수가 똑같이 휠체어를 타고 겨룬다면 누가 이길까? 아마 휠체어 이용에 숙달된 장애인 선수가 이길 것이다. 경기의 규칙이 휠체어 이용을 고려해 정해졌기 때문이다. 즉, 경쟁의 결과는 경기의 규칙을 어떻게 정했는지에 따라 달라진다.

장애인은 비장애인 기준으로 이루어진 세상에서 많은 경험의 기회를 제한당하고, 그 결과 무능한 존재가 된다. 여기에 사회는 장애인의 정신적, 신체적 장애로 생기는 문제에 대한 대안 제시 없이 그저 '장애인이라서 못한다'라는 시선을 둔다. 마치 높은 벽을 세워두고, 휠체어를 탄 장애인에게 "당신은 절대로 담장 너머에 있는 풍경을 볼 수 없겠군요"라고 말하는 것과 같은 일이다.

한번은 직장 동료 선생님이 서울 마포구로 출장을 가게 되었다. 선생님은 강변역에서 2호선을 타고 을지로 4가에서 내려 4호선으로 갈아타야 한다는 걸 알고 계셨다. 그러나 문제는 '갈아탄다'라는 말을 2호선에서 4호선으로 환승하는 게 아니라, 2호선에서 내려 다음번에 오는 지하철을 타는 거로 이해하신 것이다. 이 에피소드를 들으면 다들 시골 사람이 복잡한 서울 지하철을 경험하지 못해 겪는 일 정도로 생각한다. 그러나 장애인이 이런 실수를 하면 이야기가 달라진다. 경험이 적거나 경험하지 못해 벌어진 해프닝이 아니라 지하철을 이용할 능력이 없어 일어난 일로 생각하는 것이다.

사람들은 비장애인이 무언가를 하지 못하면 '안 하는 거지 못하는 게 아니다, 경험이 있으면 잘할 수 있다, 닥치면 무엇이든 다 할 수 있다'라고 생각한다. 설령 못해도 '사람은 완벽할 수 없다'라며 이해하기도 한다. 그러나 장애인은 다르다. 하나만 못해도 모든 걸 못 하는 사람이 된다. 만약 점자가 기본값인 세상으로 이루어져 있다면, 비장애인이 점자로 빨리 쓰지 못할 경우에는 능력이 부족하다고 말하지 않을 것이다. 그저 필기가 느린 사람으로 볼 것이다. 비장애인 기준으로 이루어진 사회에서 장애인의 능력을 논하는 것 자체가 잘못되었다. 그런데도 사회는 장애인의 능력을 판단하는 데에 유독 엄격한 잣대를 대며 똑같은 결과를 요구한다. 처음부터 출발선이 다르고, 비장애인보다 경험치가 현저히 적음에도 불구하고 말이다.

사회는 장애인에게 경험할 기회를 제공하지 않는다. 장애인에게 장애가 있어서 할 수 없는 일은 여기에서 기인한다. 다양한 경험을 해본 비장애인의 눈에는 장애인의 행동이 매우 서툴러 보일 것이다. 그러고는 장애인을 '무능한 사람'이라고 인식한다. 같은 출발선에서 시작하는 환경이 제공되지 않는 이상, 한 사람의 유능함과 무능함을 판단해서는 안 된다고 말하고 싶다.

비장애인 중심의 세상에서 장애인은 맞지 않는 옷을 입어 불편한 느낌으로 살아간다. 그러나 장애인도 자신에게 어울리는 다양한 '경험'이라는 옷을 입고 싶어 한다. 단조로움이 아니라 풍부함을 느낄 수 있는 날이 오기를 꿈꾼다.

## 우리가 반말할 만큼 친한 사이인가요?

코로나로 인해 그간 우리 시설은 병원 진료 등을 위한 필수적인 외출 외에는 활동이 제한되고, 외부인의 출입을 제한하는 등 방역을 위해 노력했다. 그러나 코로나가 우리 시설만 빗겨 갈 리 없었다. 한 사람이 코로나에 걸리자 도미노처럼 바이러스가 퍼져나갔다.

확진자가 나오기 전까지는 바이러스가 시설 전체로 퍼져나간다는 상상만으로도 두려웠다. 직원들은 '나로 인해 거주인들이 코로나에 걸리면 어떡하지?'라는 걱정에 집과 직장만 오가며 무사히 이 시기가 지나가기만을 바랐다. 거주인과 직원 100여 명이 생활하는 이곳에 코로나가 창궐한 지 2년 만에 첫 확진자가 나왔다는 건 그 건 그간 방역에 철저했음을 말한다.

시설에 코로나 확진자가 하나둘 생기면서 우리의 일상은 급속도로 바뀌었다. 거주인과 직원 모두 이틀에 한 번씩 PCR 검사를 받으며 확진자와 비확진자 각각 분리된 공간에서 식사했다. 생활재활교사들이 확진 거주인을 돌보다가 줄줄이 감염되기도 했다. 건강도 문제였지만, 업무에도 공백이 생겼다. 확진되지 않은 생활재활교사들은 퇴근도 하지 못하고 거주인들을 돌보았다. "확진이야? 아니야?"라는 말이 출근 인사일 정도였다. 그 와중에 조리원이 확진되지 않은 건 다행이었다. 도시락을 먹는 다른 시설들과 달리 우리 시설은 모두 식사다운 식사를 할 수 있었다.

PCR 검사는 정부 지침에 따라, 시설에서 근무하는 간호사가 직접 콧구멍과 목구멍에서 검체를 채취해 한 개의 바이러스 수송 배지(VTM)에 담아서 보건소로 보내는 식으로 실시했다. 그러나 간호사님도 확진되는 바람에 우리 모두 PCR 검사를 위해 읍내에 있는 보건소로 주 2회 방문하게 되었다. 다행히 보건소 일을 돕는 군인과 공무원들 덕분에 검사는 수월했다. 거주인의 이동을 위해 가까운 곳에 주차할 수 있도록 배려해주시고, 검사를 도왔다. 그들의 마음이 온전히 느껴져서 따스했다.

불쾌한 일도 있었다. 거주인의 검사를 돕기 위해 동행한 날이었다. 검사를 마치고 뒤돌아서는데, 한 공무원이 우리 거주인에게 "잘 가"라고 말하며 손 인사를 했다. 누가 봐도 우리 거주인의 나이가 그분보다 많은데 아이에게 인사하듯 하여 나는 내 귀를 의심했다. 혹시 우리가 아는 사람인가 싶어 다시 한번 그분의 얼굴을 쳐다보았으나, 전혀 안면이 없었다.

나는 그 공무원에게 화가 났다. 인지 수준이 낮은 사람이라고 하여 어린아이 대하듯 하거나, 반말하는 것은 나보다 낮은 사람이라고 생각하는 데서 비롯하므로 엄연한 차별이자 무시하는 행동이다. 인지 수준이 낮은 사람에게도 그 나이에 맞게 대우하는 게 옳다. 많은 사람이 장애인에게 친절히 대해야 한다고 생각하며 과잉 친절과 과장된 호의를 보이는데 이 또한 너와 나는 다르다는 걸 알려주는 행위일 뿐이다. 우리 거주인들은 이런 일을 흔히 겪는다. 시설이 아니라 지역사회에 살며 자주 얼굴을 보는 사이라면 이런 차별이 사라질까?

지적장애인이어도 초면이거나 자신보다 나이가 많다면 존중해야 한다. 이들도 자신을 환대하는지 무시하는지 귀신같이 안다. 공무원에게 우리 거주인이 어른 대접을 받지 못하는 사실에 무척 속상했다.

별거 아닌 것에 예민하게 군다고 이야기하는 사람도 있을 것이다. 그러나 이는 예민하게 구는 게 아니라 차별에 관한 이야기다. 장애 여부를 떠나 모든 사람은 존중받아야 하며, 모든 사람에는 어린아이, 노인, 장애인도 포함해 있다. 공무원의 "잘 가"라는 인사는 표면적으로 친근함의 표현이지만, 기저에는 인지가 낮은 장애인에게는 반말해도 무방하다는 인식이 깔려 있다. 다음에도 이런 일이 생긴다면 꼭 우리가 반말할 만큼 친한 사이인지 물어볼 것이다. 듣는 이에게는 상당히 기분 나쁜 일임을 정확히 알려주고 싶다. "모르는 사람이 당신에게 다짜고짜 반말하면 기분 나쁜 것처럼 우리도 마찬가지"라고 당황하지 않고 말해야겠다.

친절에 예의가 빠져서는 안 된다. 예의란 사람에 따라 있고 없는 게 아니다. 우리는 나이를 불문하고, 장애 여부를 불문하고 사람을 존중해야 한다.

# 저의 목표는
# 피아니스트가 아닙니다

초등학교 3학년 때 엄마에게 피아노 학원에 보내 달라고 조른 적이 있다. 엄마는 딸의 성화에 동네 피아노 학원에 등록하러 갔고, 나는 다음날부터 다닐 생각에 들떴다. 그러나 엄마는 조금 더 기다려야 한다고 했다. 엄마의 말에 화가 났다. 나를 학원에 보내기 싫어서 그런 거라고 여겼다. 그러다 몇 달을 기다린 후 드디어 피아노를 배우게 되었다. 동네에서 과외를 하며 피아노도 가르치는 분이셨다.

가보니 또래 세 명이 먼저 배우고 있었다. 그 친구들과 곧 친해져 레슨 후 남아서 놀기도 했다. 그러던 어느 날, 술래잡기 놀이를 하는데 한 친구가 "야, 너 우리보다 레슨비 더 내는 조건으로 피아노 배우는 거 알아? ○○학원에서는 네가 장애가 있어서 안 받아준다고 했대"라고 말했다. 금시초문이었다. 알고 보니, 엄마는 나를 피아노 학원에 보내기 위해 여러 군데를 알아보셨고, 모두 거절당한 거였다. 처음에는 과외 선생님도 거절하셨다고 했다. 엄마가 사정사정하며 레슨비를 올려주어 허락하신 거였다. 친구에게 이런 말을 듣고서야, 나 같은 장애인은 배우고 싶어도 거절당할 수 있고, 배우려면 조건을 붙여야 한다는 것을 처음 알았다.

내가 피아노를 배우게 된 과정을 친구가 어떻게 알게 되었는지는 알 수 없다. 선생님이 친구들에게 장애인 친구가 새로 온다고 말하며 이야기했을 수도 있고, 친구의 부모님이 이 사실을 알게 되어 선생님과 상의하다가 나온 말일 수도 있다. 전자라면 선생님은 장애로 인해 레슨비를 더 받는다는 걸 알릴 필요가 없었다. 그보다는 장애인 친구를 어떻게 대해야 하는지를 알려주셨어야 했다. 후자라면 선생님과 부모님만 공유했어야 했다. 지금 생각해보면 어른들 모두 배려가 부족했던 것 같다. 아무튼, 우리 엄마는 나에게 장애가 있어 거절당했었다는 사실을 끝내 말씀하지 않으시고 빠듯한 살림에도 묵묵히 비싼 레슨비를 내주셨다. 그러나 이런 엄마의 지원에도 불구하고, 손놀림이 빠르지 못해 《바이엘 (하)》까지만 배우고 더는 배우지 못했다.

어린 시절 체르니 과정을 배우지 못한 게 한으로 남아, 육아휴직 기간에 피아노 학원을 다시 알아보았다. 어릴 때 거절당한 것이 트라우마로 남았는지 또 거절당할까 두려워, 레슨비나 레슨 시간을 묻기보다 손을 떠는 뇌병변장애인인데 가르쳐줄 수 있는지를 먼저 물었다. 세 곳 중 두 곳이 가능하다고 했다. 무엇을 하든 선택지가 별로 없어 마음에 들지 않아도 가야 하는 상황이었는데, 드디어 나에게도 선택할 기회가 주어졌다. 장애인에게는 선택할 기회가 비장애인보다 적다. 받아주는 곳이 한정되어 있기에 받아주는 곳이 있다는 사실만으로도 감사했다.

피아노 선생님은 나의 장애 특성에 맞게 피아노를 가르쳐주셨다. 처음 상담하러 갔을 때, 나는 빠른 곡은 못 치니 느린 곡 위주로 가르쳐달라고 부탁드렸다. 그러자 선생님은 빙그레 웃으시며 피아노 반주법은 수천 가지라고, 연주자가 노력하고 응용하기 나름이라고 말씀해주셨다. 또 장애가 있어 다른 사람들보다 다양하게 연주할 수는 없지만, 불가능한 일은 아니라고 말씀하셨다. 그래서 나는 단조롭지만 빠른 곡도 칠 수 있게 되었다. 처음으로 영화 〈스팅〉의 테마곡 'The Entertainer'를 쳤을 때는 나도 빠른 곡을 끝까지 연주할 수 있다는 생각에 흥분했다.

성인이 되어서야 장애인을 가르치는 것에 거부감이 없는 선생님을 만났다. 그리고 그제야 알게 되었다. 내가 어린 시절 피아노를 마음껏 배울 수 없었던 건 장애가 있어서가 아니라 장애인을 가르칠 마음이 없거나, 장애인을 가르칠 능력이 부족한 선생님을 만난 탓이었다. 내 잘못이 아니라 그들의 의지가 부족했다는 것이다.

사회복지 현장에 들어간 지 얼마 안 된 신입이었을 때, 함께 일했던 선임 과장님은 거주인을 대상으로 요리 프로그램을 진행하시고는 했다. 그것도 그룹이 아니라, 뇌병변중증장애인 한 분을 대상으로 말이다.

대상자는 불수의 운동으로 인해 손을 자유롭게 쓰지 못하고, 긴장하면 몸이 굳으며, 서 있는 게 불가능한 분이었다. 요리는 바닥에 앉아서 할 수 있었다. 그래서 프로그램 공간에는 손이 아닌 발로 요리할 수 있도록 조리 도구들이 세팅되어 있었다. 그 광경을 보고는 우리 시설에 높낮이가 조절되는 싱크대가 설치되어 있으면 좋을 거라는 생각이 들었다. 그런 싱크대가 있으면 거주인이 자유롭게 요리할 수 있을 것이다.

프로그램 대상자인 은혜 씨는 발로 어렵게 달걀을 깬 후 뒤집개로 노련하게 뒤집었다. 한두 번 해본 솜씨가 아니었다. '탁' 깨서 달걀 껍데기가 떨어지지 않도록 치열하게 안간힘을 쓰는 것을 보고 많은 생각이 오갔다.

거주인의 개별적 특성에 맞게 서비스를 제공해야 한다는 걸 몰랐던 당시에는, 다수가 아닌 한 사람을 위해 프로그램을 진행하는 것을 인력 낭비, 시간 낭비라고 생각했었다. 나의 이런 생각은 효율과 능률을 강조하는 사회 분위기와 크게 다르지 않다. 이 두 가지 가치를 중심에 둔 사회에서는 낙오자가 생기기 마련이고, 그들은 경험에서 또다시 제한될 것이다.

이제 시간이 흘러 내가 그 선임 과장님의 업무를 맡게 되었다. 그러나 당시 느꼈던 감정을 잊고, 되도록 많은 거주인이 참여할 수 있는 프로그램을 구성하는 나를 발견했다. 어린 시절 나를 거부한 피아노 선생님과 같은 모습으로 복지 서비스를 제공하는 셈이다. 내가 피아노를 배우는 목적은 피아니스트가 되기 위함이 아니라, 단지 내가 좋아하는 곡을 배워나가는 즐거움을 느끼기 위함이다. 취미 활동에 불과하다. 이곳의 거주인 역시 마찬가지다. 은혜 씨가 요리 프로그램을 통해 얻고자 하는 것은 요리 실력 향상이나 요리 대회에서 상을 받는 등의 성과를 내기 위함이 아니다. 그저 먹고 싶은 요리를 하면서 과정의 즐거움을 느끼기 위함이다.

우리는 거주인에게 질 높은 서비스를 제공하기 위해 각 복지 재단에 프로그램 기획서를 제출한다. 그리고 기획서를 작성할 때는 '성과를 어떻게 측정할 것인지'를 제시해야 한다. 그러나 사업을 진행하는 담당자는 거주인이 새로운 경험을 하고 즐거웠는가를 평가할 수가 없다. 이곳의 지적장애인들에게 단시간 내의 성과를 바라는 건 우리의 욕심이다. 성과는 장시간 꾸준히 반복해야 얻을 수 있는 것이다.

괄목할 효과는 절대 단기간에 나지 않는다. 인근 댄스 스포츠 동호회에서 우리 거주인을 대상으로 댄스 스포츠를 가르치기 위해 오신 적이 있다. 강사는 정말 열정적으로 가르치셨다. 그러나 한 달이 가고 두 달이 가도 세 발짝 떼는 차차차의 기본 동작도 하지 못하는 거주인들을 보며 포기를 선언하셨다. 할 수 없이 생활재활교사가 단기간 레슨을 받아 직접 가르치기 시작했다. 그렇게 우리 거주인들은 7개월 만에 한 곡을 출 수 있게 되었고, 댄스 스포츠 대회에 다니며 상이라는 상은 다 휩쓸어 오게 되었다. 또 6년 뒤에는 전국대회에서 우승하며 한일 장애인 교류대회에 참가하는가 하면, 지역사회 초청으로 재능 기부도 할 수 있게 되었다.

성과도 의미가 있지만, 거주인들이 자신을 비판적으로 보던 시각에서 벗어나, 자신을 가치 있는 존재로 받아들이는 계기가 되었다는 데에 더 큰 의미가 있다. 그들의 자존감은 무대에 오르는 횟수가 많아질수록 높아졌다.

성과에 초점을 맞추다 보면 우리도 모르는 사이에 거주인을 다그치고 재촉하게 된다. 또한 거주인에 대한 기대가 없으면, 그들은 해도 안된다는 부정적인 시각으로 바라보게 된다. 그러므로 거주인이 관심 있어 하는 분야에 제한을 두지 않고, 충분한 시간을 제공할 수 있으면 좋겠다. 이러한 시선을 장착한다면 그들에게 지원할 서비스는 무궁무진하다.

예전에는 사업을 구상할 때 성과가 나지 않을 거라 판단되면 쉽게 포기하였다. 그러나 이제는 되도록 다양한 경험을 제공하기 위해 노력한다. 장애인은 직업을 갖거나, 결혼하기 힘들다고 생각해 시도조차 하지 않았던 프로그램을 차근차근 진행해보았다. 프랜차이즈 매장에서 유니폼 입고 아르바이트해보기, 웨딩드레스를 빌려 가상 결혼식 해보기도 그러한 경험을 제공하기 위함이다. 성과를 바라지 않는다면 체험해볼 수 있는 것들이며, 거주인들은 이런 경험을 통해 꿈을 가질 수 있다.

사회는 장애인들에게 비장애인의 속도에 맞추거나, 비장애인의 방식을 요구하지 않았으면 한다. 자신의 속도로, 하고 싶은 것을 해 보는 경험이 자신을 쓸모없는 인간이 아님을 알게 한다. 장애인에게 이를 온전히 느낄 기회가 제공되면 좋겠다.

# 나에게 검사란 아픈 증상보다 장애 특성을 말하는 것

3년 전에 처음으로 MRI를 찍었다. 그간 뇌병변장애인은 몸이 흔들려 MRI를 찍을 수 없다고 해서 교통사고가 났을 때도 찍지 못했는데, 3년 전 만난 담당의는 "입원해서 수면 마취를 하면 가능하다"라고 했다. 그제야 검사가 가능한데도 해주지 않았다는 걸 알았다. 정확히 말하자면, 검사를 거부당한 것이다. 교통사고 후 MRI를 찍지 못했을 땐 사고 후유증이 남지 않을지, 몸에 이상이 생기지 않을지 몹시 불안했었다.

남들은 반나절이면 끝낼 검사를 나는 입원해 사흘이나 걸려 받았다. MRI를 찍을 수 있다는 것 자체에 감사함을 느꼈지만, 씁쓸함은 감출 수가 없었다. 장애인은 의료서비스조차 쉽게 받을 수 없다. 한 가지 문제가 더 있었다. 지금은 가능하지만, 당시 장애인은 의료

실비 보험에 가입할 수 없었다. 비장애인보다 사고가 날 확률이 높다는 이유에서다. 그래서 보험 혜택을 받지 못하고 고스란히 목돈을 내야 해서 부담스러웠다.

나는 1년에 한 번씩 직장인 건강 검진을 받는다. 남들은 보통 검사 결과가 안 좋을까 봐 걱정하지만, 나는 검사받는 과정이 염려스럽다. 검사 과정에 여러 난관이 기다리고 있기 때문이다.

우선 채혈할 때 검사자에게 팔이 불수의적으로 흔들린다는 걸 미리 알려야 한다. 임상 병리사들은 긴장하지 않아도 된다고 말하지만, 그게 또 내 마음대로 안 된다. 흔들리지 않게 애쓰다 보면 나도 모르게 긴장되어 더 떨린다. 결국, 누군가가 내 팔을 꽉 붙잡아야 채혈할 수 있다. 피를 뽑으면 긴장이 풀려 온몸에 피가 다 빠져나간 것처럼 기운이 없을 정도다.

가장 수치스럽고, 도움받기 싫은 검사는 소변 검사다. 소변이 쏟아지지 않게 최대한 적은 양의 소변을 받기 위해서는 고도의 기술이 필요하다. 소변을 받아 들고나오다가 다 쏟은 적도 있다. 다시 소변을 받기 위해서는 한참을 기다려야 했다. 그제야 나는 소변을 제대로 제출하려면 다른 사람의 도움이 필요하다는 걸 알았다. 숨기고 싶은 부분까지 보여줘야 하는 일이 때로는 치욕스럽다.

심전도 검사도 곤혹스럽기는 마찬가지다. 팔이 흔들려 측정이 어렵기 때문이다. 몇 번의 시도 끝에 그냥 베드에서 내려오는 일도 있었다. 미리 심전도 검사를 빼달라고 요청해보기도 했지만, 받아들여지지 않았다. 병원에서는 일단 검사를 해야 한다고 했다. 결국, 검사 당일 직접 눈으로 검사가 어렵다는 걸 확인시켜 주어야 검사가 제외된다. 마치 내가 장애인임을 증명하는 시간 같이 느껴지기도 한다. 그래도 나는 수면 마취를 하면 검사를 받을 수 있지만, 우리 거주인 중에는 그조차 불가능한 경우가 많다. 위급한 상황에 내시경 검사나 뇌파 검사 등을 받지 못한다고 생각하면 아찔하다.

이처럼 장애인은 병원에 가서 아픈 증상을 말하기보다 검사 때마다 장애 특성을 구구절절 앵무새처럼 말하는 데에 많은 시간을 할애하며, 검사 자체보다 검사를 받기 위해 난관을 헤쳐나가는 데에 더 많은 피로감을 느낀다. 한 예로, 우리 시설에 사는 자폐가 심한 지은 씨는 치과 진료를 받기 위해 꽤 많은 번거로운 과정을 거쳐야 한다. 서울에 있는 장애인 전문 치과에 매주 오갈 수 없으므로 지역에 있는 치과를 이용해야 하고, 지역에 있는 치과를 이용하기 위해서는 서너 시간 걸리는 먼 거리에 사는 보호자가 매주 동행해야 한다. 낯선 환경과 소리에 민감한 지은 씨의 불안을 낮춰주기 위해서다. 실제로 지은 씨의 보호자는 매주 마다하지 않고 와서 도와 주었다.

반가운 소식은 이렇게 비장애인 중심의 의료 시스템을 개선하기 위해 장애인 환자를 위한 서비스 지원 병원이 생기고 있다는 것이다. 서울 서남병원은 '원스톱(One-Stop) 장애인 동행 진료(전문간호사와 의료사회복지사가 환자와 진료 전 과정에 동행하는 장애 친화적 의료서비스)'를 위해 서남권 장애·재활 관련 21개 기관과 업무협약을 맺었고[12], 한양대학교병원 발달의학센터는 낯선 환경과 접촉에 거부감을 보이는 발달장애인을 위해 가상으로 병원을 체험할 수 있는 서비스를 실시[13]했다. 따로 스마트 안경 등을 착용하지 않아도 볼 수 있으며, 진료 현장 구석구석을 간접 체험할 수 있어 불안감을 낮추는 데 도움이 된다. 이러한 서비스가 많아질수록, 장애인은 조금 더 편안하게 진료를 보게 될 것이다. 장애인 환자의 진료 문턱을 낮추기 위한 노력에 감사하다.

장애인의 특성에 맞게 진료를 볼 수 있는 시스템이 점차 확대되었으면 좋겠다. 학교에 장애학생을 위한 특수교사가 있듯이 병원에도 장애인을 포함해 진료받기 어려운 환자를 위한 도우미가 있었으면 한다. 또한, 장애인을 전문적으로 치료할 수 있는 병원과 시스템이 지방에도 있었으면 한다. 장애인 환자를 진료하는 병원이 생기고는 있지만, 수도권에만 집중되어 있어서 예약해도 시일 내에 진료받을 수 없는 등 어려움이 있다. 의료 서비스의 제도적 개선이 이루어졌으면 한다.

# 저는 빨대를 들고 다녀야 하는 사람입니다

최근 환경 보호를 위한 플라스틱 퇴출 목소리가 높다. 그리고 실제로 2022년 11월 24일, 매장 내 플라스틱 빨대 사용이 금지되었다. 1년의 계도 기간이 있지만, 많은 매장이 하루아침에 플라스틱 빨대를 없앴다. 그러나 손이 불편한 나는 빨대가 없으면 스스로 음료를 마실 수 없는 사람이다.

환경을 위해 일회용품을 줄이는 데에 동의한다. 플라스틱 빨대를 코에 꽂고 괴로워하는 바다거북 영상을 보고 나도 환경 보호에 신경 써야겠다고 생각했다. 그러나 치킨집에서 닭 뼈를 회수하기 위해 스테인리스 통 안에 씌우는 일회용 봉투는 규제 대상이 아니라고 한다. 환경부는 "폐기물 수거를 용이하게 하려는 의도라면 규제 대상에 해당하지 않는다"라고 했다. 장애인에게 꼭 필요한 일회용 빨대는 규제 대상이지만, 치킨집에서 사용하는 비닐은 규제 대상이 아니라니 반쪽짜리 환경 보호 정책인 것 같아 씁쓸하다.

나는 원래 빨대를 휴대하는 편이다. 따뜻한 음료에 제공되는 납작한 빨대는 사용이 힘들고, 빨대가 제공되지 않을 수도 있기 때문이다. 그러나 이제는 정책적으로 빨대가 제공되지 않아 미처 빨대를 준비하지 못한 날엔 곤혹스럽다. 이유를 설명하며 직원에게 빨대를 요청하면서도 무리한 요구 같아 눈치가 보인다. 아무튼, 이번 환경 보호를 위한 정책은 안 그래도 여러 제약이 따르는 장애인에게 빨대를 따로 요청하는 번거로움을 추가했다.

어느 초등학생이 한 유제품 제조 업체에, 팩에 붙은 빨대를 없애달라는 편지를 보냈다고 한다. 이에 공감한 많은 업체가 팩에 붙은 빨대를 없애는 추세다. 환경을 생각하는 아이의 마음은 무척 기특하다. 다만 팩에 붙은 빨대를 아예 없애면 빨대 없이 우유를 마실 수 있는 사람에게는 난감한 일이라는 걸 조심스럽게 말하고 싶다. 이에 김초엽은 《사이보그가 되다》에서 "환자와 장애인을 위해 개발된 주름 빨대는 주류화되어 어디에서나 구할 수 있게 되었지만, 다른 한편 그 주류화를 통해 원래의 목적이 잊히고 말았다. 장애 접근성 이슈에서는 이처럼 자원 사용이나 환경 문제와 관련된 또 다른 충돌이 생길 가능성이 얼마든지 있다. 팬데믹 상황으로 인한 엄청난 일회용품 소비가 공공의 보건을 위한다며 간단히 합리화되는 현실을 생각해보면, 빨대 퇴출에 대한 지적이 '소수의 목소리'이기 때문에 상대적으로 잘 들리지 않는 것은 분명해 보인다"[14]라고 했다. 이렇게 여전히 사회는 비장애인 중심으로 돌아가고 있고, 그 결과 음료수를 마실 때 빨대가 필수인 이들의 불편함은 확대되었다.

간혹 어떤 사람은 장애 당사자가 빨대를 준비해서 다니면 되지 않느냐고 한다. 그러나 장애인이어서 빨대를 들고 다녀야 하는 번거로움을 감내하는 것은 부당한 일이다. 별도로 빨대값을 부담해야 하는 것만 보아도 부당한 처사라는 걸 알 수 있다. 모든 이에게 빨대를 제공할 필요는 없다. 그러나 빨대가 없으면 음료를 마실 수 없는 사람들을 위해 비치해 두는 건 필요한 일이라는 생각이 든다. 식당에 아이들을 위해 어린이 전용 수저와 그릇을 비치해 두는 것처럼 말이다.

이어 빨대의 사용 용이성도 개선되었으면 한다. 친환경 빨대로 제공되는 종이 빨대나 쌀 빨대 등은 뜨거운 음료에 쉽게 분해되어 먹기가 불편하고, 잘 휘어지지 않는 빨대는 몸이 경직된 장애인이 사용하기에 위험하고 부적합하다. 이러한 단점들이 보완되어 장애인들이 안전하고 편안하게 사용할 수 있는 빨대가 제공되었으면 한다.

플라스틱 빨대를 생산하는 데는 3원이 들고, 쌀 빨대는 그의 5배, 종이 빨대는 그의 1.5배의 비용이 든다고 한다.[15] 굳이 '빨대 없이 음료를 마실 수 없는 소수'를 위해 이런 비싼 비용을 들여 생산해야 하느냐고 묻는 사람이 있을 수 있다. 그러나 대안 빨대 생산을, 빨대가 꼭 필요한 이들이 편리하고 안전하게 사용할 수 있는 동시에 환경도 지킬 수 있는 방법으로 생각하면 어떨까. 두 마리 토끼를 잡는 투자라고 생각하면 좋겠다.

빨대의 처리 과정도 문제라고 생각된다. 빨대는 얇고 가벼워서 재활용 공장에서 아무리 작은 집게를 사용해도 집히지 않는다고 한다. 그래서 재활용으로 분류가 안 된다. 빨대를 집을 수 있는 시스템이 갖추어졌으면 한다.

나는 실리콘 특유의 맛이 싫어 세척이 편리한 스테인리스 빨대를 사용한다. 어린아이를 키우는 부모가 외출할 때 과자, 기저귀, 분유 등을 챙기는 것처럼 나는 다회용 빨대를 챙긴다. 플라스틱 통에 넣으면 달그락달그락 소리가 나서 천 주머니에 넣고 다니는데, 천 주머니에 넣으려면 이물질이 묻지 않게 깨끗이 닦아서 넣어야 하는 번거로움이 있다. 이처럼 많은 사람이 카페에서 편안하게 음료를 마시는 것과 달리, 장애인은 음료 한 잔을 마시는데 많은 애로 사항을 해결해야 한다. 부디 유제품 생산 업체는 팩에 붙은 빨대를 없앨 거라면 빨대 없이 마실 수 있는 대안을 마련하고, 카페는 일회용 빨대 대체제를 마련해주었으면 한다. 이러한 환경이 마련된다면, 빨대가 꼭 있어야 하는 이들이 더는 미안한 마음으로 빨대를 요구하지 않아도 될 것이다.

고객은 비장애인뿐만 아니라 장애인, 노인, 아동도 포함된다. 누구든지 먹고 싶은 음료수를 편리하게 마실 수 있어야 한다. 빨대가 꼭 필요한 사람의 목소리도 귀 기울여주었으면 한다. 어느 한쪽의 의견만 수렴하여 무조건 없애는 방향은 아쉬운 일이다. 장애인은 개선을 위해 계속해서 목소리를 낼 필요성이 있으며, 사회는 다양성이 존중되는 환경을 만들기 위해 넓은 시각과 소수자의 목소리를 들을 자세가 필요하다. 비장애인에게만 권리가 주어지는 것이 아니라, 장애인에게도 동등하게 누릴 수 있기를 바란다. 우리 사회가 서로 간의 다름을 수용하고 다양성이 존중되는 날이 오기를 꿈꾼다.

# 빛 좋은 개살구 같은 장애인편의시설

정부는 지자체와 합동으로 '장애인·노인·임산부 등의 편의증진 보장에 관한 법률(이하 장애인등편의법)' 제11조에 근거해, 5년마다 1회 장애인편의시설 실태 전수조사를 시행한다. 그리고 1998년 4월 11일 장애인등편의법 시행 후 지금까지 총 5번의 전수조사[16]를 했으나, 갈 길은 멀다.

주변을 둘러보면 휠체어 이용자를 위한 경사로 설치, 시각장애인을 위한 점자 및 음성 지원 등의 장애인편의시설이 갖춰져 있는 것을 볼 수 있다. 하지만 실제로 이용해 보면 장애인을 위한 것이 아니라 정부와 지자체의 생색내기용이라는 생각이 들 때가 많다.

중증장애인요양시설에서 근무하는 한 사회재활교사가 휠체어를 이용하는 장애의 정도가 심한 장애인과 외출해 겪은 일이다. 장애 당사자가 화장실에 가고 싶어 했다. 계단을 이용하면 빠르지만, 휠체어가 있어 사회재활교사는 경사로를 이용하느라 먼 거리를 이동했다. 그러나 겨우 찾아간 화장실 입구에는 다섯 개나 되는 계단이 설치되어 있었다. 장애 당사자가 화장실을 이용하지 못한 것은 물론이고, 사회재활교사는 당황스러움과 장애인을 약 올리는 느낌을 받았다고 했다.

시각장애인이 처한 상황도 다르지 않다. 나는 시각장애인을 위한 음성 안내 장치가 설치된 건물을 본 적이 있다. 그러나 음성 안내 내용을 자세히 들어보니, 건물의 구조를 눈으로 확인할 수 없는 사람은 이해할 수 없는 안내였다. 시각장애인이 이 안내를 들었다면 목적지를 찾을 수 없음이 분명했다.

지하철 내에 있는 화장실을 알리는 점자 안내판이 뒤집힌 채 부착된 것도 보았다. 비장애인인 지인에게 점자 안내판이 잘못 부착되어 있다고 말하니 "비장애인은 점자를 잘 모르니 당연하지"라고 대답했다. 비장애인이 모르고 붙인 것이므로 당연히 이해하고 넘어가야 할 사항인 걸까? 안내판이 뒤집힌 채로 붙어 있다면, 사람들은 어떻게 반응할까? "그럴 수도 있지" 하며 넘어가는 사람은 없을 것 같다. 똑같은 실수인데, 이용자에 따라 묵인되기도 하고 시정되기도 하는 것이다.

담당자가 점자를 몰라 일 처리를 제대로 하지 못했다는 것은 변명이다. 잘 알지 못하는 분야에 대해서는 당연히 전문가에게 자문받는 과정을 거쳤어야 했다. 몰라서 하는 실수가 용인되면, 해당 편편의시설 이용자의 불편을 초래하는 것이다. 더불어 지적장애인을 위한 편의시설도 제공되었으면 한다. 실물 사진이나 그림을 이용한 안내도는 글자나 숫자를 모르는 사람에게 도움이 될 것이다.

장애인편의시설의 설치 목적을 제대로 이해할 필요가 있다. 장애인편의시설이 있음에도 장애인이 편리하게 이용할 수 없으면 무용지물에 불과하다. 누군가의 도움을 받아야만 이용할 수 있다면, 장애인의 주체성을 빼앗는 일이다.

우선 장애인편의시설을 처음부터 제대로 설치하여 보수에 이중으로 사용되는 예산이 없어야 한다. 장애인편의시설 설치를 예산 낭비라고 생각하는 사람에게는 철학자 마사 누스바움(Martha Nussbaum)의 말을 전하고 싶다. "휠체어 진입 램프가 없으니 장애인이 접근하려면 리모델링해야겠죠. 하지만 애초부터 이런 설비를 해놓았다면요? 이는 장애가 있건 없건 모두 함께 이용할 거고 거기에 장애 설비 비용이라는 질문이 나올 이유도 없을 겁니다. 지적장애인들과 함께할 때도 마찬가지입니다. 이 아이들을 집중하게 하려면 수업이 보다 사려 깊어져야 해요. 교사가 세심하게 마음 쓰는 거죠. 애초에 교사들이 잘 수련받았다면 그들은 지적장애 제자가 들어왔다고 해도 다시 교육받을 필요가 없습니다. 단순합니다. 바로 이 사람들을 애초부터 제외했다는 겁니다. 나중에 함께하려니 비싼 거죠"[17] 그녀의 주장처럼 편의시설의 사용자 범위를 넓혀 처음부터 모든 사람이 사용할 수 있도록 설계가 이루어진다면 예산이 낭비될 일이 없고, 제한을 받는 사람도 없을 것이다.

왜 장애인편의시설이 빛 좋은 개살구처럼 형식적으로 설치되는지를 생각해보았다. 아마 비장애인의 시선으로 어림짐작해 만들었기 때문일 것이다. 소방 시설 설치 후 제대로 설치되었는지를 전문가에게 점검받듯, 장애인편의시설도 장애 당사자에게 점검받는 시스템이 갖추어지면 좋겠다. 장애 당사자가 직접 점검 업무를 맡는다면 예산이 낭비되는 일도 없고, 장애인의 일자리 창출에도 도움이 될 것이다. 또한 장애인편의시설을 누구나 사용할 수 있는 수준으로 올린다면, 장애인이 남의 도움을 받을 일도 적어지고, 장애인활동지원을 위한 사회적 비용도 절감될 것이다.

# 셀프라고 쓰고 이용 제한이라고 읽는다

'셀프'가 통용되는 시대다. 식당에서 물과 반찬은 셀프다. 셀프 주유소, 셀프 빨래방 등 각자 알아서 해결하는 방식의 시스템이 늘었다. 그러나 '스스로'의 개념은 기능적으로 누군가의 도움을 받지 않아도 되는 사람에게만 해당하는 말이다. 예전에는 매장 내에 장애인편의시설이 있고, 점원이 있다면 약간의 도움을 받아 이용할 수 있었지만, 지금은 이용 자체가 어려워졌다.

최근 우리 시설은 거주인의 사회통합 프로그램의 일환으로 '체크 카드 사용법'을 교육했다. 원래는 화폐를 사용해 계산하는 방법을 교육했는데, 관찰해보니 화폐의 단위를 구분하지 못하는 거주인이 몇 분 계셨다. 만 원짜리를 내야 할지, 5천 원짜리를 내야 할지를 몰라 망설이거나, 거스름돈을 받지 않기도 했다. 그러나 체크 카드 사용법으로 바꾸어 진행하자, 거주인의 스스로 할 수 있는 범위가 넓어지고 스트레스가 줄었다.

코로나 발생 후 무인 매장이 늘어난 것도 장애인에게는 큰 불편함이다. 세상은 날로 발전하는데, 아이러니하게도 장애인의 자립 범위는 좁아졌다. 그렇다면 장애인이 무인 매장 대신 점원이 있는 매장을 이용하면 해결될 일인 걸까? 그런 단순한 문제가 아니다. 깊이 생각해보면, 장애인은 무인 매장이 늘면서 선택의 폭과 외출이 폭이 줄어들고, 생활권이 좁아지는 문제를 겪게 되었다. 무인 결제 시스템을 개발할 때부터 장애인, 아동, 노인을 포함한 모두가 편리하게 이용할 수 있도록 했다면 좋았을 거라는 아쉬움이 남는다.

시설에서는 사회 적응을 돕기 위해 자체적으로 지적장애인들이 이해하기 쉽게 무인 매장을 이용하는 법에 대한 교육안을 만들어야 한다. 물론, 교육을 받아 자유롭게 이용하기까지는 오랜 시간이 걸릴 것이고, 그새 다른 기술이 발달해 이 과정을 반복해야 할지 모른다.

셀프 주유소도 장애인이 이용하기 힘든 건 마찬가지다. 2019년

12월 기준, 장애인 면허소지자는 15만 298명이다.

사람들은 주유소를 선택할 때 무엇을 가장 많이 볼까? 아마 기름값일 것이다. 그러나 나는 뇌병변장애가 있어 손을 떠는 특성이 있으므로 직원이 있는지부터 본다. 직원이 없으면 선택의 여지 없이 그냥 지나친다. 차에 기름이 떨어지지 않았는지 강박적으로 확인하는 습관도 여기에 기인한다. 휠체어 이용자 역시 나처럼 셀프 주유소를 이용하기가 어렵다. 주유하려고 휠체어를 내리고 싣다 시간이 지체되면 눈치 보이기 십상이다.

2021년 에쓰오일은 셀프 주유소 이용이 어려운 장애인을 위해 '원스톱 주유 서비스'를 제공하기로 했다. 한국지체장애인협회와 함께 장애인 주유 서비스를 제공하는 '스타오일' 캠페인을 전국 850개 셀프 주유소로 확대[18]한 것이다. 나 역시 '도움이 필요한 장애인 고객께는 주유해 드립니다'라는 입간판을 보았을 때 왠지 모를 안도감을 느꼈다. 에쓰오일 관계자들은 도움이 필요한 사람들의 애로사항을 그냥 지나치지 않았다. 장애인이 셀프 주유소를 이용할 수 있도록 신경 써주신 에쓰오일 관계자들에게 진심으로 감사하다.

한편으로는 셀프 주유소를 이용하는데도 꼭 다른 사람의 도움을 받아야 하는 구조에 대해 생각해본다. 셀프 주유소의 주유기 터치스크린과 카드 투입구는 너무 높이 설치되어 있다. 휠체어 이용자가 사용하기에는 무리가 있다. 주유기를 가로형으로 만들면 좋겠지만, 어렵다면 엘리베이터의 장애인용 버튼처럼 주유기 버튼을 하단에도 설치하면 좋겠다. 추가 설치 비용이 부담스럽다면, 처음부터 중간에 설치하는 것도 방법이다. 이러한 세심한 설계가 장애인의 자립 범위를 넓히는 일이라는 걸 알아주었으면 한다.

더는 기름값이 저렴한 셀프 주유소를 발견했는데도 울며 겨자 먹기식으로 지나쳐야 하는 일이 없었으면 좋겠다. 미래에는 장애인 스스로 무인 결제 시스템을 이용해 주유할 수 있는 환경이 조성되길 바란다.

셀프란 '스스로'를 의미한다. 그러나 누군가에게 셀프란 제한과 포기를 의미한다. 장애인이 무언가 스스로 할 수 없는 구조는 장애인을 능력이 부족하거나 의존적인 사람으로 전락시킨다. 사회는 '셀프'라는 단어에 배제의 의미가 포함되는 일이 없도록 해야 한다.

# 시설에 산다는 이유로

얼마 전 군청을 통해 중앙사고수습본부의 장애인시설대응팀으로부터 공문이 내려왔다. 외부인과의 접촉 및 면회를 금지하고, 외래 진료와 등하교를 제외한 모든 외출을 자제하라는 내용이었다. 그리고 황당하게도, 우리 시설을 담당하는 공무원은 계획되어 있던 캠프를 취소하고, 명절 귀가를 금지하라고 일방적으로 통보해버렸다. 다른 지역 시설은 이런 통보가 없었다고 하니 책임질 일 만들지 말라는 뉘앙스가 짙게 느껴지는 대답을 했다.

2022년 추석을 앞두고, 보건복지부는 인원의 제한 없이 가족 모임과 방문이 가능하다는 방역 대책을 발표했다. 코로나 발생 3년 만에 거리 두기 없는 추석을 맞이한 것이다. 실제로 2022년 구인 구직 아르바이트 전문 포털 알바천국의 조사에 따르면, 성인남녀 1,580명을 대상으로 추석 귀향 여부를 조사한 결과 58.4%가 '추석 연휴에 고향을 방문할 것'이라 답했다.

우리 거주인들도 오랜만에 명절날 집에 갈 생각에 한껏 들떴었다. 특히 영호 씨는 매일 운동을 하면서 "운동 열심히 하면 집에 갈 수 있어!"를 주문처럼 읊조리며 기다렸다. 그러나 영호 씨는 또 한 번 '제한'이라는 단어에 발목을 잡히고 말았다.

9월에 가기로 예정되어 있던 캠프도 2주를 앞두고 취소되었다. 우리는 캠프를 봄부터 준비했었다. 2박 3일의 캠프 일정을 브리핑하며 묵을 장소를 보여주었을 때 우리 거주인들의 눈빛이 반짝였다. 잠옷은 챙겨야 하는지, 간식은 무엇이 나오는지 등의 질문도 여느 때보다 많이 쏟아졌다. 그러나 3년 기다리던 캠프도, 명절날 귀가도 모두 금지되었다. 승협 씨의 어머니는 귀가 금지 소식에 "우리 승협이가 집에 오지 못해 애가 탄다"라며 한숨을 쉬셨다. 영호 씨도 복도에서 어머니와 통화하며 "이때까지 참았는데 또 기다려?", "코로나 끝나도록 기도했는데 언제 끝나요?"라며 엄마에게 물었다. 목소리에는 속상함이 잔뜩 묻어 있었다.

장애인시설대응팀 관계자에게 묻고 싶다. 코로나 이후 정말로 가까운 곳으로 나들이 한 번 가지 않으셨는지, 명절에 가족을 만나지 않고 그리움을 꾹 참으셨는지 말이다. 거리 두기 없는 추석으로 고향 방문이 가능해졌음에도 왜 시설에 사는 장애인은 배제되었는지 이해가 가지 않는다. 장애인들은 면역력이 약하므로 더 조심해야 하기 때문이라고 말하는 사람도 있다. 그러나 이곳에 있는 거주인들은 인지가 낮을 뿐이지, 신체적으로는 건강하다. 장애인은 면역력이 약해서 코로나에 쉽게 걸린다고 생각하는 것 자체가 편견이다.

이런 차별에도 장애인들은 별다른 항의를 하지 않는다. 이들이 할 수 있는 일은 숨죽이고 기다리는 것 외에는 아무것도 없다. 모두에게 허용된 외출에서 나만 제외된다면 어떨까? 아마 사람들은 외출할 권리, 가족을 만날 권리를 제한당했다며 차별이라고 국민 청원을 넣었을 것이다.

우리 시설의 캠프와 외출이 금지된 것은 관리와 감독해야 할 공무원이 책임질 일이 생길까 두려워 내린 조치일 것이다. 장애인을 위한 행정을 하는 사람이라기보다 권력자로서 장애인을 대우한다는 느낌이 든다. 책임을 운운하기에 앞서 거주인의 마음을 먼저 헤아리는 사람과 일하고 싶다.

우리 시설의 행사는 취소되었지만, 관내 전국지적장애인 복지대회는 크게 치러졌다. 같은 지적장애인데도 그들의 행사는 취소되지 않았다. 단지 시설에 산다는 이유로 부당하게 차별당했다. 항의하지 않는다고 해서 설레는 마음을 무시당해도 되는 게 아니다. 시설 담당 공무원으로서 코로나 확산을 예방하고자 하는 건 충분히 이해하지만, 양해를 구하지 않은 일방적 통보는 아쉽다. 추운 겨울에 칼바람을 맞는 듯이 마음이 시리다. 거주인이 차별받고 있다는 게 명백한 사실인데도 아무런 조치를 하지 않는 나 자신이 한없이 비열하게 느껴진다.

사람은 타인으로부터 존중받을 때 자신이 가치 있는 사람이라고 느낀다. 이곳에 사는 거주인도 그러한 감정들을 느낄 수 있도록 대접받았으면 좋겠다. 캠프가 취소되어 아쉬운 마음, 명절날 가족을 만나지 못해 그리워하는 마음을 다독여주는 위로가 필요한 하루였다.

# 장애인다움을 강요하는 것도 차별입니다

우리 거주인들이 외부 미용실에서 원하는 헤어스타일로 머리를 다듬은 지 20년이 넘었다. 그전까지는 관내 미용협회의 이·미용 봉사를 통해 머리를 다듬었었다. 거주인의 의사와 상관없이 똑같은 헤어스타일로 말이다. 그래도 아무 말 하지 못했다. 그 이유는 무료였기 때문이다. 외부 미용실을 이용하게 된 건 '가족회의(우리 시설에서는 매달 한 번씩 방별로 가족회의를 열어 거주인의 욕구를 파악하고 지원한다)'에서 거주인들이 자신이 원하는 스타일로 머리를 다듬고 싶다는 의견이 나와서다.

처음 미용실에 갔을 때, 미용사님은 봉사자들처럼 헤어스타일을 무조건 숏커트로 자르려고 하셨다. 그래서 우리는 미용실에 방문하기 전, 거주인에게 미리 조사한 사진을 보여드리며 이런 스타일로 해달라고 요청드렸다. 그러자 미용사님은 “장애인인데 그냥 관리하기 편하게 짧게 자를 것이지”라고 혼잣말하며 못마땅한 표정이었다. 그러나 그날 파마를 한 경애 씨는 자신의 헤어스타일이 마음에 드는지 일주일 내내 만나는 사람마다 인사 대신 파마를 자랑했다. 그날 미용사님 말대로 숏커트를 했다면 우리는 경애 씨가 즐거워하는 모습을 보지 못했을 것이다.

헤어스타일뿐 아니라 옷 입는 취향까지 존중받지 못하는 게 우리 거주인들의 현실이다. 가끔 우리 시설로 헌 옷을 보내겠다는 전화가 온다. 우리는 몇 년 전까지만 해도 이 옷들을 감사한 마음으로 받았다. 그러나 이제는 정중하게 거절한다. 문제는 거절하면 “시설에 살면서 배가 불렀네”, “내가 주면 받아야지, 왜 안 받아”라고 말하는 사람들이다. 시설에 살면 누군가가 주는 옷을 무조건 받아야 하는 걸까? 이는 거주인을 무시하는 태도다. 우리가 헌 옷을 받지 않는 이유는 두 가지다.

첫째, 장애인은 자신의 원하는 스타일과 상관없이 주는 대로 입어야 한다는 생각이 틀렸기 때문이다. 어떤 분은 돌아가신 분의 유품을 정리하고자 보낸다고 하신다. 우리는 거주인이 유품 정리에 이용되는 것을 원치 않는다.

둘째, 찢어지거나 얼룩이 심한 옷들 때문이다. 이런 옷은 받는 사람의 마음을 상하게 한다. 자원을 절약하고자 옷을 나누는 일은 선행이지만, 나눌 때는 나눔 받는 이가 기분 상하지 않도록 깨끗한 옷을 주어야 마땅하다. 받는 이에 대한 기본 예의이자, 시설에 있는 거주인에 대한 예의이다.

우리 시설에서는 거주인의 옷을 구입할 때 조사를 한다. 다양한 재질의 천 조각과 인터넷에서 내려받은 사진을 붙여 만든 샘플북으로 거주인이 원하는 옷 스타일을 파악하는 것이다. 조금이라도 자기 결정권을 보장하기 위함이다.

실제로 조사해보면 거주인마다 원하는 스타일이 조금씩 다르다. 옷을 사기 위해 도우미로 따라가 보면, 이들도 우리와 별반 다르지 않음을 알 수 있다. 시폰 소재의 옷만 찾는 인경 씨, 원하는 톤이 나올 때까지 매장을 휩쓸고 다니는 용주 씨 모두 우리와 같은 모습이다. 다소 불편해 보이거나 어울리지 않는 옷을 골라도 우리는 그들의 선택을 존중한다. 원래 어울리는 옷을 고르려면 많은 시행착오를 거쳐야 한다. 그 과정을 반복해야 나에게 어울리는 옷과 체형에 맞는 옷을 고를 안목이 생긴다.

옷 외의 욕구 조사를 해보면, 여성의 경우 네일아트 숍이나 피부 마사지 숍을 이용하고 싶어 하거나, 액세서리와 기능성 화장품을 구매하고 싶어 했다. 거주인도 외모 가꾸기에 관심이 많다는 것을 알 수 있다.

이용자 참여 매뉴얼 연구단으로 함께 활동하는 한 선생님께서 근무하는 시설에서는 '거주인에게 신고 벗기 쉬운 찍찍이 운동화만 사주는 것이 자기 결정권에 침해되는가'에 대한 찬반 논의가 있었다고 한다. 결과적으로 침해라는 결론이 났다. 그렇다면 끈 달린 운동화를 신고 싶어 하는 거주인과 매번 끈을 묶어주어야 하는 생활재활교사의 번거로움 사이를 어떻게 메웠을까? 그 시설에서는 거주인이 운동화 끈을 묶고 매는 것을 연습할 수 있도록 운동화 모형을 만들었다고 한다. 그렇게 거주인은 운동화 끈 묶는 연습을 해서 신발을 선택하는 자기 결정권을 존중받을 수 있었다.

사람들은 장애인에게 장애인다움을 요구하며, 장애 당사자의 욕구보다 장애인을 돌보는 사람의 입장으로 취향을 결정하고는 한다.

장애인은 손질하기 어려운 긴 생머리나 굵은 웨이브보다는 손이 덜 가는 숏커트 스타일을 해야 하고, 옷은 체형에 맞고 원하는 스타일대로 입기보다 그냥 입고 벗기 쉬운 옷을 입어야 한다고 생각한다. 거주인의 취향이 고려되지 않은 채 시설의 환경이 타인에 의해 결정되어도 무방하다고 생각하는 것이다.

'장애인다움'이라는 말 자체가 우습지만, 사람들이 강요하는 장애인다움의 틀에 갇힐 필요가 없다. 장애인은 장애의 유무를 떠나, 그저 고유한 특성이 있는 한 개인이다. 고기도 먹어본 사람이 맛을 알 수 있듯이, 우리 거주인들도 자신의 스타일을 알기 위해 끊임없이 시도해 나다움을 찾아야 한다. 장애인다움이 아니라 나다움이 필요하다.

# 네 인생이나 신경 써

우리 시설은 연초에 사례 관리를 위한 회의를 진행한다. 이 회의는 거주인의 욕구를 듣고, 그들에게 필요한 서비스를 어떤 방식으로 지원할지를 의견 나누는 자리이다.

인경 씨는 먹는 것을 무척 좋아하는 반면, 몸을 움직이는 것은 좋아하지 않는다. 생활재활교사가 안 보는 사이에 슬쩍 방으로 들어가는 경우가 있을 정도로 운동하는 것을 극도로 싫어한다. 그러던 어느 날, 인경 씨의 체중이 급격히 늘었다. 건강 관리가 필요한 상황이다. 우리는 인경 씨에게 운동량을 늘리는 게 어떤지 묻고, 여러 번 운동을 권유했다. 그러나 인경 씨는 하고 싶지 않다고 거절 의사를 밝히며 나중에는 “네 인생이나 신경 써!”라며 화를 냈다. 그 순간 우리는 아무 말도 하지 못했고, 그냥 인경 씨가 원하는 욕구만 지원하기로 했다.

인경 씨의 말이 계속 머릿속에서 맴돌았다. 그러고는 인경 씨는 지금의 삶 자체로 만족하고 있을 수 있다는 생각이 들었다. 거주인에게 재활을 목적으로 강요했던 부분들이 나의 욕심이 아니었을까 싶다.

나는 그간 거주인들에게 '주어진 시간 내에 많은 서비스를 지원하는 것'이 나의 역할이라고 생각했다. 그것이 거주인을 위하는 일이라고 생각했다. 그러나 순전히 내 입장이다. 이들은 시설에 산다는 이유만으로 일정에 따라 프로그램에 참여하고, 하기 싫은 행사에도 참여했을 것이다. 거주인들은 정해진 시간에 식사하며 일과를 보낸다. 이런 면에서는 자유권이 침해되기도 한다.

우리는 때로 자고 싶을 때 자고, 먹고 싶을 때 먹는다. 이를 우리는 자유라고 한다. 그러나 거주인이 이렇게 하면 일탈이 된다. 우리는 거주인이 정해진 일과에 따르지 않는 것을 단체 생활의 질서를 무너뜨린다는 이유로 제한하고 통제했다. 순전히 우리가 편리하게 운영하기 위함이었다. 또, 더 나은 삶을 살게 해야 한다는 목적으로 간섭하고 요구해온 측면도 있다. 자의가 아닌 타의로 움직여야 했으니 그간 괴로운 부분이 있었으리라 생각된다.

장애인거주시설은 장애인이 거주하는 공간이자 서비스를 지원하는 곳이다. 우리는 거주인들이 자유롭게 생활할 수 있는 권리를 실현하도록 하는 동시에, 조금 더 나은 삶을 살 수 있도록 지원하고자 하는 목표가 있다. 그렇다면 이 두 가지 목표 사이에서 우리는 무엇에 더 우선순위를 두어야 할까? 정답은 없다. 우리는 거주인의 건강을 해치지 않는 한, 위험한 일이 발생하지 않는 한 거주인의 의사를 우선해 따르기로 마음먹었다.

네 인생이나 신경 쓰라는 인경 씨의 말이 내 오랜 생각을 바꾸어 놓았다. 예전에는 거주인들에게 프로그램과 행사에 참여하라고 독려하고 설득했으나 이제는 그러지 않는다. 거부 의사를 표현하면 '하기 싫을 때도 있지', '지금 밥 먹기 싫을 수 있지'라고 생각하며 수용하려 한다. 이런 마음으로 그들을 바라보고자 노력하고 있다.

# 10cm의 턱은 생각보다 높다

지역사회에서 국화꽃 축제가 열려 거주인들과 함께 외출했다. 그런데 휠체어를 이용하는 은정 씨가 축제장 초입의 흙길을 보고는 "국화꽃은 구경하지 않겠다"라고 말한다. 결국 은정 씨는 먹거리 코너에서 간식을 먹으며 내내 일행을 기다렸다.

사실 우리는 아스팔트가 깔린 평평한 길은 아니지만, 도우미 교사가 휠체어를 밀어주면 갈 수 있을 거로 생각했다. 그러나 당사자의 입장은 달랐다. 휠체어에 앉아 울퉁불퉁한 길을 가는 건 무척 힘든 일이었을 것이다.

휠체어 이용자의 이런 불편은 축제장에만 국한되지 않는다. 최근에 지어진 놀이공원도 비슷하다. 대관람차의 경우, 잠시도 정차하지 않아 휠체어로는 탑승이 불가하며, 엘리베이터가 있으나 없으나 탑승장 입구에서는 계단을 이용해야 한다. 보행이 불가능한 장애인은 누군가의 도움을 받아야지만 탈 수 있는 구조다.

요즘에는 놀이공원 대부분에 장애인 전용 화장실과 장애인 전용 주차장이 있고, 점자 안내도 대체로 잘 되어 있다. 그러나 여전히 놀이공원 내 셔틀버스 이용에는 어려움이 따르고, 놀이 기구나 관람 위주의 상영관의 경우 진입은 할 수 있으나 곳곳에 두세 개의 턱이 있어 접근이 어렵다. 시각장애인을 위한 점자 보도블록도 부족하다.

화장실은 여러모로 제약이 많다. 돌려서 여는 식의 잠금장치는 손 사용이 어려워 팔꿈치로 문을 열어야 하는 사람에게 불편하다. 위아래로 여는 방식이었으면 좋았을 것이다. 또한, 화장실 출입문은 휠체어 이용자가 들어가기에는 쉬우나 나오기에는 어려운 구조다. 들어갈 때는 문을 밀면 되지만, 나올 때는 문을 잡아당겨야 하기 때문이다. 장애인을 위한 처우가 많이 개선된 건 사실이나, 2% 아쉽다. 결과적으로 장애인은 혼자서 놀이공원 내 놀이 기구와 시설을 이용하기가 매우 어렵다.

장애인에게 무료나 할인 혜택을 제공하는 박물관이나 영화관도 마찬가지다. 그 혜택의 의미는 장애인도 이용할 수 있다는 뜻이겠지만, 막상 이용하기에는 곳곳이 장애물이다. 시설 이용에 어려움이 없도록 세심히 건물을 짓고, 축제장이 만들어졌으면 하는 바람이다.

몇 년 전, 세부 여행에서의 일이다. 고래상어를 보기 위해 배를 타고 바다에 나갔다. 일행 중에 부녀지간이 있었는데, 모두 고래상어를 보기 위해 바닷속으로 들어간 와중에 아버님만 배에 남으셨다. 가이드가 딸에게 왜 아버지는 바다에 들어오지 않으시냐 물어보니 딸은 아버지가 시각장애인이라 체험이 어려울 것 같다고 했다. 그러자 가이드는 "No problem!"이라고 말하며, 동료 가이드들에게 도움을 청해 아버님께 고래상어를 만져볼 기회를 드렸다. 우리나라였다면 '장애가 있으면 당연히 힘들 것'이라며 시도조차 하지 않았을 일이다. 그러나 그들은 장애인을 배제해야 할 사람이 아닌, 도와야 할 사람으로 여겼다. 장애인에게 경험을 제공한 그들이 우리보다 선진국 사람이다. 이처럼 장애인을 어떻게 인식하느냐에 따라 장애인을 대하는 태도가 달라진다. 인간을 향한 관심과 따뜻한 시선이 세세한 부분까지 개선시킨다는 생각이 든다.

많은 사람이 장애인을 돕지 않는 이유를 '장애인에 대해 잘 몰라서'라고 말한다. 모른다는 말은 관심이 부족하다는 뜻과 같다. 장애인이 시설을 이용하며 느끼는 불편함에 조금이라도 관심을 가진다면 길 위에는 더 많은 점자 보도블록이 깔리고, 모든 건물에 엘리베이터가 설치될 것이다. 장애인의 활동 반경을 넓히는 일이다.

사회적 약자에게 관심을 두기 시작하면 우리 주변의 10cm의 턱이 낮아진다. 나를 포함하여 우리 사회가 장애인뿐만 아니라 노인, 아동, 다문화 가족 등 사회적 약자에게 관심을 두길 기대한다.

# 내 돈 주고 밥 먹는데도 눈치가 보여요

우리 시설에서는 월 2회 정도 외출해 미용실에 가거나 사례관리 진행을 위해 영화 관람, 바리스타 체험, 케이크 만들기 등을 한다. 그리고 이왕 외출한 김에 외식까지 하고 들어오는 경우가 대부분이다.

거주인들의 식당 이용은 쉽지 않다. 간혹 환영해주는 식당도 있다. 이런 식당은 예약할 때부터 우리 거주인들이 좋아하는 반찬이 무엇인지 물어봐서 한 가지를 더 준비해주시거나, 우리가 가는 시간에 맞춰 갓 지은 밥을 내어주신다. 우리 거주인이 좋아할 만한 음료수를 따로 챙겨주시는 곳도 있다. 그러나 입장을 거부하거나 눈치를 주는 곳이 대부분이다. 전화로 단체 예약이라고 하면 좋아하다가, 장애인이라는 사실을 밝히면 태도를 바꾸기 일쑤다. 방문 이틀 전에 다시 전화 달라고 하고서는 받지 않기도 한다. 이럴 때면 우리 외출 담당자는 급히 다른 식당을 예약하느라 애를 먹는다.

한 번은 장애인복지시설이라는 사실을 밝히지 않고 인원과 날짜만 예약했다가 입구에서 입장을 거부당했다. 막무가내로 막아서서 정말 황당했다. 그날 스무 명이 넘는 우리는 저녁때를 놓치고 한 시간을 길에서 헤맨 후 겨우 식사를 했으며, 관할 군청 홈페이지에 모멸감과 불편함을 올렸지만 끝내 사과받지 못했다.

메뉴를 한 가지로 통일하라고 강요하거나, 개인 체크 카드 사용을 못마땅하게 여기는 식당도 있다. 그러나 거주인이 체크 카드를 사용하는 이유는, 시설 운영비로 지출할 수 있도록 정해진 식대로는 거주인이 원하는 메뉴를 시킬 수 없기도 하고, 본인 용돈으로 원하는 메뉴를 선택하게 해 사회적응 훈련의 목적을 실현하기 위함이다.

식당의 손님 누구도 먹고 싶은 메뉴를 먹고 더치페이해도 욕을 먹지 않는다. 그러나 우리 거주인은 공짜로 밥을 먹는 것도 아닌데 눈칫밥을 먹는다. 장애인이라는 이유로 밥 먹는 것조차 차별받는다. 우리 거주인은 식당에 오는 손님들의 식사를 방해할 만큼의 행동을 하지 않는다. 만약 다른 손님에게 불편함을 준다면 테이크아웃 하는 방법을 선택했을 것이다.

거주인과 함께 외출하는 사람으로서 거주인이 손님으로 대접받지 못한다는 사실에 화가 난다. 이런 불편함과 불쾌감을 겪고 나서는 우리를 손님으로 대해주는 식당을 자주 이용하고 있다. 그러나 메뉴가 한정적인 것은 아쉽다. 우리 거주인에게 다양한 음식을 먹어볼 경험을 제공하지 못해 미안함을 느낀다.

식당에서 장애인을 거절하는 것은 장애인차별금지법에 위반된다. 장애인차별금지법이 제정된 지 16년이 지났지만, 여전히 장애인은 식당 출입을 거부당하거나 눈치를 보며 식사해야 한다. 장애인은 그저 장애인이라는 이유만으로 음식점을 이용할 권리를 박탈당한다. 즐거운 마음으로 식사하러 갔다가 입장조차 할 수 없는 현실과 장애인의 마음을 헤아려주지 않는 식당이 야속하기만 하다.

식당에서 타인의 식사를 방해하였다면 주의받는 것이 당연하지만, 처음부터 거절당하는 건 차별이다. 장애인의 입장을 제한하는 것 자체도 문제지만, 태도가 잘못되었다. 장애인을 식당 영업에 방해되는 존재, 혐오스러운 존재로 바라보는 것은 개선되어야 할 부분이다.

공공장소는 장애 여부를 따라 누구나 예절을 지켜야 하는 공간이다. 장애인 또한 공공장소를 이용하며 타인을 배려하고 예절을 배울 기회를 얻어야 한다. 장애인을 배제해야 할 존재가 아니라 사회 구성원으로 바라봐주기를 바란다. 거절당할까 봐 두려워하는 마음으로 식당에 들어가는 것이 아니라 먹고 싶은 음식을 언제든지 먹을 수 있었으면 좋겠다.

PART 2

# 다양한 기준이 필요한 사람들

# 장애인식 개선으로 추천하고 싶은 드라마

노희경 작가님이 쓴 드라마 〈우리들의 블루스〉에는 다운증후군인 정은혜 배우와 농인인 이소별 배우가 나온다. 비장애인 배우가 장애인을 연기하는 것만 보다가 장애인 배우가 직접 장애인을 연기하는 모습이 무척 신선했다. 그들이 표현하는 장애 특성이 전혀 어색하지 않는 이유는 장애 당사자가 직접 연기했기 때문일 것이다. 게다가 이 드라마는 장애인을 불쌍하거나 누군가의 도움을 받아야만 살 수 있는 존재, 바보 같은 존재로 그려오던 기존의 매체와 달리, 장애인의 처지를 더하거나 빼지 않은 그대로의 모습을 담아내어 편견을 거두게 했다는 데 의미가 있다.

물론, 드라마와 시설에 사는 우리 거주인의 처지에는 차이가 있다. 극에서 영희(정은혜 배우)는 주체적으로 사는 장애인의 모습을 보여주는 인물이다. 예를 들어, 영희는 제주도로 떠난 동생 영옥(한지민 배우)이 한동안 자신을 보러 오지 않자 "네가 안 오면 내가 간다"라며 마냥 기다리지 않고 직접 동생을 만나러 간다. 그러나 시설에 입소한 거주인들은 가족이 그리우면 전화를 거는 일밖에 할 수 없다. 그들에게 그리움이란 보고 싶어 애타는 마음을 몸소 견디는 일이다. 이들은 영희처럼 보고 싶다고 해서 달려가는 게 아니라, 보호자가 허락할 때까지 마냥 기다려야 한다. 그 모습이 안타까워 '원가정 방문' 프로그램의 일환으로 생활재활교사와 동행해 보호자를 찾아간 적도 있지만, 이 또한 보호자의 동의가 있어야 한다.

또한, 제주도에 간 영희는 영옥의 주변 사람들에게 자신은 영옥의 언니이며 다운증후군이라고 소개한다. 그 장면이 당당하고 멋있어 보였다. 장애 당사자인 나 역시 사람들에게 장애가 있음을 밝히기 시작한 게 마흔이 넘어서다. 영희의 당당함은 영옥에게 자신을 지하철에 버리려고 한 일에 대해 따지는 장면, 영옥의 남자친구 정준(김우빈 배우)이 자신을 보고 당황하는 모습을 보고 영옥에게 만나지 말라고 솔직하게 말하는 장면에서도 드러난다. 영희는 자신의 장애가 동생의 사랑에 방해가 될 것을 두려워하지 않는다. 그냥 언니로서, 자신을 이상하게 바라보는 정준의 태도에 기분 나빴던 감정을 그대로 말한다. 남의 눈치 보지 않고 소신껏 자신의 의견을 말하는 그 모습이 참으로 멋있어 보였다. 그러나 현실에서는 많은 장애인이 자신의 의지와 상관없이 도움을 받아야 하므로 하고 싶은 말을 참는다. 도움을 요청하는 일을 민폐 끼치는 행동이라 생각하기 때문이다. 비장애인만 장애인을 배려한다고 생각할 수 있지만, 장애인은 활동보조인이나 사회복지사 등 자신에게 서비스를 지원하는 사람들의 컨디션이 나빠 보이면, 생리 현상을 참아서라도 도움의 횟수를 줄이는 배려를 보인다. 늘 도움받는 위치에 있기에 생기는 감정이다. 장애인은 당당하기보다 상대방의 상황이나 감정에 따라 움직이는 게 익숙한 사람들이다.

드라마에서 별이(이소별 배우)는 기준(백승도 배우)에게 고백을 받고 "바닷일 하는 사람은 싫다"라며 거절한다. 그러고는 "네가 좋으면 나도 좋아야 해? 왜? 나는 장애인이니까 그래야 해?"라고 묻는다. 상대방의 감정에 의해 좌지우지되지 않겠다는 의지이다. 그러나 현실에서는 그렇지 않은 경우가 종종 있다. 특히 장애인 여성이 비장애인 남성과 연애할 때, 자신을 떠날까 봐 폭행을 견디거나 원치 않는 성관계에 응하는 경우가 있다는 사실을 책에서 본 적이 있다.

그러나 노희경 작가님은 이 드라마를 통해 장애인에 대한 그릇된 인식을 다양한 시각으로 바로잡아 주었다. 많은 사람이 다운증후군인 사람은 인지가 낮아 아무것도 못 한다고 생각하여 어린아이처럼 대하는 실수를 범한다. 그러나 영희는 다운증후군이지만, 성인이므로 술도 마시고 자신이 좋아하는 그림을 그리며 살아간다. 장애인 역시 재능을 가지고 있는 사람이며, 나이에 맞게 대우해야 함을 말해준다. 별이 또한 장애가 있지만, 사회 구성원으로서 자기 일을 가지고 열심히 살아간다. 장애가 있다는 이유로 제한된 삶을 사는 게 아니라 비장애인처럼 생애주기에 따라 평범하게 살 수 있음을 말한다.

〈우리들의 블루스〉는 장애인의 삶이 비장애인에 의해 만들어지는 게 아니라, 장애인이 주체적으로 살 수 있음을 보여주었다. 이를 계기로 많은 사람이 장애인을 하나의 집단으로 바라보기보다 한 사람 한 사람의 객체, 주체적인 삶을 살고 관계 맺으며 살아가는 사람으로 볼 수 있으면 좋겠다.

매체와 삶의 현장 곳곳에 장애인이 노출되길 바란다. 휠체어를 탄 장애인 모델이 런웨이에 서고, 재능 있는 장애인이 연극 무대에 오르면 좋겠다. 요즘 인터넷 쇼핑몰에서는 깡마른 모델이 아니라 보통 체형의 다양한 사람들이 모델로 선다. 이처럼 장애 유형별 피팅 모델도 있었으면 하는 바람이다.

어쩌면 장애인은 능력이 부족해서 못 하는 것이 아니라 능력을 발휘할 기회가 없기에 못하는 것일지 모른다. 노희경 작가님이 정은혜, 이소별 배우를 캐스팅한 것처럼, 다른 장애인들에게도 다양한 기회와 경험이 주어지면 좋겠다. 장애인을 가려진 존재가 아니라 우리와 함께 사는 존재로 자연스럽게 받아들이면 좋겠다. 많은 사람에게 장애인이 노출되어 장애인도 주체적이고 당당하게 살아가는 사람임은 인식되기를 소망한다.

# 그 선생님은 제 이상형이에요

우리 시설은 해마다 4월 20일이 다가오면 '장애인의 날' 행사를 진행한다. 이날은 거주인의 욕구 조사 결과에 따른 다양한 이벤트를 열고, 시설 거주인 대표가 우수 직원에게 표창장을 수여한다. 수상 기준은 직원 간의 근무 평가도 아니고, 원장과 사무국장이 선발하는 것도 아니다. 오로지 시설 전체 거주인들의 투표 결과에 따른다.

행사 담당자가 설문 조사하러 생활관을 돌 때였다. 담당자가 경은 이모에게 "마음에 드는 선생님 사진에 스티커를 붙여 주세요"라고 말하자, 경은 이모는 "마음에 드는 사람이 없는데"라며 설문지 속 직원들의 사진을 뚫어지게 쳐다본다. 그러다가 마침내 한 명을 뽑았다. 이유를 물어보니 "얼굴이 잘생겼고 내 이상형"이라고 한다.

담당자가 크게 웃자, 경은 이모는 이 사실을 비밀로 해 달라고 신신당부했다. 예순이 넘는 나이에 낯빛을 붉히고 수줍어하는 모습은 소녀 같다.

거주인들이 우수 직원을 뽑는 기준은 다양하다. '함께 외출을 자주 나가기 때문에, 내 이야기를 끊지 않고 들어줘서, 아침마다 환하게 웃으면서 인사해줘서' 등 꽤 소소한 이유다. 우리 거주인들은 우리에게 해외여행을 가거나 비싼 레스토랑에 가서 밥을 먹는 등의 특별한 이벤트를 바라지 않는다. 평상시에 자신과 얼마나 소통했는지, 관심을 가져줬는지를 중요하게 생각한다.

투표에서 중요한 것은 투표 방식이다. 원래는 글자로 이루어진 설문지를 제시한 뒤, 글자를 읽지 못하거나 글을 이해하지 못하는 거주인들에게는 담당자가 직접 직원의 특징을 설명하는 방식이었다. 그러나 그 과정에 우리의 의견이 개입된다는 걸 알게 되었다. 그래서 고안한 게 직원의 이름 대신 사진을 넣은 설문지를 제공하는 방식이다. 거주인들은 사진을 보면서 "이 선생님은 이렇고, 저 선생님은 저렇고" 하며 평소 느꼈던 직원들에 대한 감정을 솔직하게 이야기했다. 보정을 과하게 한 사진을 낸 직원을 알아보지 못해 애를 먹은 재밌는 에피소드도 있다.

그동안 우리는 거주인의 눈높이에 맞는 설문지를 제공하지 않은 채, 그저 그들의 이해력이 부족해 응답하지 못한다고 생각했다. 그들의 특성을 이해하고 배려하지 못한 우리의 실수다. 그들 모두 생활하면서 표현하지 않을 뿐이지, 자신에게 잘해주는 선생님, 그렇지 않은 선생님을 피부로 느끼고 있었다.

직원의 사진을 넣은 설문지를 제공한 지 10년이 넘었다. 처음에는 설문에 응하며 담당자의 눈치를 보거나 의리로 자신을 담당하는 선생님을 뽑기도 했다. 그러나 이제는 자신이 누구에게 투표했는지 비밀이 보장된다는 걸 안다. 당당하게 좋아하는 선생님께 스티커를 붙인다.

우수 직원은 평소 직원들 사이에서 평판이 좋고 일을 열심히 하는 선생님이라고 생각되는 분이 뽑히는 경우가 많다. 직원들의 시각과 거주인의 시각은 거의 비슷하다. 물론, 이 조사 방식이 모든 거주인의 의견을 정확히 끌어내지는 못한다. 응답을 전혀 못 하는 이도 있다. 응답자의 수를 높이는 방식을 고안하는 게 우리의 역할일 것이다.

사람들은 지적장애인은 인지가 낮으니 감정도 없고 아무것도 모를 것이라고 생각한다. 그러나 오랜 시설 생활을 한 그들은 누구에게 잘 보여야 하는지를 아는 탁월한 감각과 누가 좋고 나쁜지를 판단하는 자기만의 기준이 있다. 그러므로 언제 어디에서나 거주인에게 진심으로 대해야 한다. 형식상의 서비스를 제공하는 건 허점이 드러나기 마련이다. 가끔 한 표도 받지 못하는 직원도 있다. 기분이 좋을 리 없다. 그러나 그간 거주인에게 어떤 마음으로 서비스해왔는지를 돌아보는 계기가 된다.

거주인의 직접 투표로 우수 직원을 표창하는 방식에 반대하는 사람도 있다. 하지만 이러한 방식을 시도하는 이유는 거주인을 지원하는 일을 잘하고 못하고를 판별하기보다는 거주인 중심의 서비스를 제공하기 위함이다. 그들이 우리의 고객임을 잊지 말아야 한다. 이 사실을 잊지 않는다면 거주인의 기분과 표정에 더 민감하게 반응하고 살피는 자세로 일하게 될 것이다.

# 자립은 혼자서 밥할 수 있는 것을 의미하지 않는다

동식 씨는 2019년에 우리 시설에서 퇴소했다. 퇴소 과정은 쉽지 않았다. 동식 씨는 전부터 지역사회에 있는 직장에 다니고 싶어 했다. 그래서 우리는 동식 씨가 퇴소해서 원하는 삶을 살 수 있는 기관이 있는지 견학을 다니며 많이 알아보았다. 그러나 그런 곳을 찾기는 어려웠고, 몇 년을 기다리다가 드디어 한 군데서 연락을 받았다. 콩나물을 재배하며 기숙사에서 지낼 수 있는 직업재활시설이었다. 입소 조건은 보증금 6백만 원과 주말에는 귀가하는 것이었다.

그러나 당시 동식 씨는 보증금이 없었고, 주말에 귀가할 곳도 마땅치 않았다. 보호자가 가정을 꾸린 상황이라 동식 씨가 주말마다 집에 오는 걸 부담스러워하셨다. 그래도 동식 씨는 포기하지 않고 다음 기회를 기다리며 시설 내 직업재활원에서 받는 월급과 장애

수당을 차곡차곡 모았다.

보건복지부는 2021년 8월 2일 '탈시설 장애인 지역사회 자립지원 로드맵'을 발표했다. 로드맵에 따르면, 장애 당사자가 자신의 주거를 선택할 권리에 따라 자립해 살아갈 주거를 지원하고, 지역사회에서의 자립 촉진을 위해 시설의 변화를 단계적으로 추진한다는 계획이다.

탈시설화의 움직임이 본격적으로 시작되었다. 실제로 이 시기에 시설 거주인의 자립을 돕기 위해 많은 모집 공고가 올라왔고, 우리 시설도 원주에 있는 한 장애인자립생활센터에서 입소자를 모집한다는 공문을 받았다. 동식 씨에게 의사를 물어보자, 동식 씨는 적극적으로 자립 의사를 내비치고는 직접 원주에 가서 면접을 보고 긍정적인 답변을 받아왔다. 그러나 보호자는 호기심이 많은 동식 씨가 무슨 돌발 행동을 할 줄 모른다며 우리 시설에서의 퇴소를 반대했다. 동식 씨가 지역사회에서의 새 출발하게 된 건 보호자를 향한 우리의 긴 설득 끝에 가능한 일이었다.

동식 씨를 장애인자립생활센터에 보내 두고, 시행착오 없이 독립할 수 있도록 서비스를 지원하지 못한 것이 못내 마음에 걸렸다. 밥은 잘할 수 있을지, 조금만 친해지면 마음을 여는 동식 씨가 사기를 당하는 건 아닌지 싶어 물가에 내놓은 아이처럼 불안했다. 그러나 동식 씨는 우리의 염려와는 달리 퇴소 후 몇 달간 전기밥솥을 이용해 밥을 짓거나, 명절날 음식을 만드는 사진을 보내주었다. 그러고는 곧 세탁 관련 업체에 취직해 잘살고 있다는 소식을 전해주었다. 갓 성인이 된 자식을 독립시켜 놓고 잘 지낸다는 소식에 안심하는 부모의 마음이었다. 동식 씨를 조금 더 일찍 퇴소시켜주지 못한 것이 미안했다.

나는 장애인의 자립은 어느 정도 훈련이 된 후에 이루어져야 한다고 생각했기에 동식 씨의 홀로서기를 불안해했다. 퇴소가 동식 씨에게 도움이 되는 일인지에 대해서도 고민이 깊었다. 그러나 동식 씨가 자립하는 모습을 보고 생각이 달라졌다.

장애 당사자의 독립 시기는 따로 정해진 것이 아니라는 것과 타인에 의해 결정되는 게 아님을 알았다. 독립은 본인이 원할 때가 가장 적절한 시기이다. 사람은 성인이 되면 자신이 원할 때 독립한다. 독립할 때 밥은 할 수 있는지, 세탁기는 돌릴 수 있는지 등을 테스트받지도 않는다. 홀로서기를 시작하는 동시에 시행착오를 겪으며 완전한 독립을 한다. 그러나 우리는 동식 씨가 밥을 짓지 못하고, 물

건 구입에 서툴다는 이유 등으로 독립 시기를 지체시켰다. 모든 것은 자립 후에 배워나가도 늦지 않다. 장애인의 자기 결정권을 무시하는 실수를 범한 건 아닌지 되돌아보는 계기가 되었다.

동식 씨가 시설 퇴소 후 장애인자립생활주택에서 생활한 지 3년이 지났다. 지난봄에는 장애인자립생활센터에서 동식 씨의 자립정착금을 신청하기 위해 우리에게 추천서를 요청했다. 그렇게 동식 씨의 홀로서기를 탈시설 정책에 맞춰 독립한 성공 사례로 생각했다.

그러나 최근 동식 씨는 다시 새로운 시설로의 입소를 희망했다. 장애인자립생활주택에서 벗어나 진정으로 독립할 수 있는 시기가 되었는데 왜 다시 시설로 돌아가고 싶은 건지 의문이 들었다. 한평생 자신의 의지가 아닌, 다른 이의 관여로 살아온 삶이 익숙해진 걸까? 아니면 지금 주어진 자유가 어색하고 두려운 걸까? 알 수 없다. 아무튼, 동식 씨는 친구가 있는 다른 시설에 입소하고 싶어 한다. 통화할 때 그곳에 있는 사람들이 자기보다 똑똑해서 나를 무시한다고 이야기한 적이 있다. 목소리에서 그곳에서의 생활이 외롭다는 것이 느껴졌다. 우리가 동식 씨의 자립을 위해 알려주어야 할 건 밥을 짓거나 빨래하는 법이 아니라 사람들과 관계 맺는 법, 도움이 필요할 때 도움을 청하는 법 등이 아니었을까. 장애인의 완전한 독립은 멀고 먼 길인 것 같다.

국가에서 제공하는 자립 서비스는 부족하다. 현재 국가는 장애인에게 장애인활동보조인 지원과 자립정착금을 지원한다. 실질적으로 도움이 되는 지원은 이 둘 뿐이다. 그러나 지역사회에 나온 장애인은 장애인활동보조인을 구하기가 어려우며, 설령 구한다고 해도 장애 당사자가 원하는 만큼의 서비스를 받지 못한다. 독립해 지역사회 내에서 사는 장애인 역시 사회적 불리를 당하고 있는 것이다.

정부는 장애인의 인권과 주체성을 위해 탈시설 정책을 제안했다. 그러나 시설에서 지역사회로 거주 공간을 옮겼을 뿐, 실패한 정책에 가깝다. 실패함은 장애인의 능력이 부족해서가 아니다. 비장애인 중심으로 돌아가는 사회 구조와 장애인을 지역사회의 구성원으로 받아들이지 못하는 인식 때문이다. 장애인과 함께 사는 것이 자연스럽고, 장애인에 대한 기준이 확립된 사회라면 장애인이 충분히 자립할 환경이 조성된 것으로 볼 수 있다.

국가는 단순히 장애인활동보조인 지원 및 자립정착금 지원만으로 장애인의 자립에 필요한 서비스 지원을 다했다고 생각해서는 안 된다. 국가는 장애 당사자가 장애인활동보조인 서비스를 이용하면서 불편한 점은 없는지, 자립정착금이 효율적으로 사용되고 있는지 꾸준히 점검하고 개선해나가야 한다. 한 아이를 키우려면 온 마을이 필요하듯, 장애인의 사회 복귀를 위해서도 온 마을이 필요하다. 장애 당사자 혼자서는 절대로 지역사회에 적응할 수 없다. 환경에 의해 어쩔 수 없이 시설에 재입소하는 일이 없었으면 좋겠다. 자립을 원하는 그들의 결정에 대해 후회하는 일이 없길 바란다.

# 모든 사람이 숫자를 다 안다는 착각

명자 씨의 어머니는 거동이 불편해 딸을 보러 자주 오시지 못한다. 그래서 우리는 명절이 다가오면 어머니가 계신 인천과 명자 씨고 있는 시설의 중간지점인 서울에서 만날 수 있도록 지원하고 있다. 그러나 코로나로 인해 보호자와의 대면 만남을 자제해달라는 중앙사고수습본부 장애인시설대응팀의 지침으로 명자 씨는 3년째 어머니를 만나지 못하고 있다.

시설에서는 보호자가 있는 거주인에게 일주일에 최소 한 번 이상 보호자와 통화할 수 있게 지원한다. 명자 씨도 통화로 겨우 어머니를 향한 그리움을 달랜다. 그러나 보고 싶은 마음이 극에 달하면 하루에도 수십 번씩 어머니께 전화를 걸어 달라고 요청한다. 전화를 거는 일은 담당 생활재활교사의 몫이다. 명자 씨는 숫자를 몰라 스스로 전화를 걸지 못한다.

우리 생활재활교사의 일과는 숨 쉴 틈 없이 돌아간다. 한 명의 생활재활교사당 열 명이 넘는 거주인을 돌보게끔 되어있기 때문이다. 생활재활교사는 일정에 맞춰 거주인의 샤워를 보조하고, 빨래를 돌리고, 중간중간 체중 관리를 위한 운동 및 다양한 프로그램을 진행한다. 거주인의 식사를 돕다가 정작 자신은 밥때를 놓치는 일도 허다하다. 이런 상황에 15분 단위로 전화를 걸어 달라는 명자 씨의 요청을 무조건 들어주기는 힘들다. 하루 두 번 이상 통화는 부담이라며 자제해달라는 보호자의 요청도 있었다. 이렇게 명자 씨는 원하는 욕구가 즉각 해소되지 않자 종일 징징거렸다.

이런 명자 씨를 보며 나는 그녀의 입장이 되어 스스로 전화를 걸 방법을 생각해보았다. 그러다가 유레카를 외쳤다. 나는 즉시 전화기에 있는 숫자 버튼에 색깔 스티커를 붙였다. 0에는 초록색, 1에는 빨간색, 2에는 노란색, 3에는 파란색… 그러고는 전화번호를 색깔로 인식하게 했다. 010을 누를 거라면 초록, 빨강, 초록을 누르는 식이다. 색깔 대신 주변 사람, 좋아하는 연예인 얼굴 등을 이용해 만들 수도 있겠다.

숫자를 이해하고 사용할 능력이 없다는 이유로 우리는 명자 씨가 전화를 걸고 싶을 때 걸 수 있는 행동을 제한했다. 어머니의 목소리를 들어야만 자신이 버려진 존재가 아님을 확인하는 그 마음을 '도전적 행동(Challenging Behavior, 과거 문제행동이라 부르던 것을 발달장애인 개개인의 문제를 나타내는 게 아니라 기존의 사회적 통제와 만족스럽지 못한 서비스에 보이는 정당한 행동이라는 관점으로 보는 단어. 행동을 유발하는 환경에 관심을 두고, 행동 변화에 초점을 맞추는 것을 강조하기 위해 사용한다)'으로 바라보거나 '참을성이 부족한 사람'으로 인식했다.

우리는 전화를 걸고 싶으면 기다리지 않고 전화를 걸 수 있다. 그래서 우리는 단 몇 분의 통화를 위해 선생님에게 부탁해야 하는 고통을 잘 모른다. 명자 씨에게 어머니를 그리워하는 마음은 기다림의 연속이자, 감정을 자제하는 고통의 시간이다. 우리에게는 참는 것이 미덕이지만, 명자 씨에게 참는 것은 그리움을 억누르는 일이다.

일상생활을 잘 영위함에는 숫자를 알아야 한다는 전제가 깔려 있다. 그것이 가능해야 전화를 걸 수 있고, 시간을 볼 수 있고, 물건을 살 수 있다. 거주인의 생활 영역이 제한되는 일이다. 그러나 거주인은 이의를 제기하지 않는다. 그렇기에 사회는 이들을 불편하게 살아도 되는 존재로 바라보거나, 때에 따라 투명 인간 취급을 한다. 시각장애인에게는 점자가 있고, 청각장애인에게는 수화가 있듯이 숫자를 모르는 장애인을 위한 그림이나 영상 전달 체계가 있으면 좋겠다.

숫자를 모르는 이에게 '숫자'라는 기본 베이스에 맞춰 살아가기를 강요하는 일은 부당하다. 이런 구조는 이들을 다른 사람의 도움 없이는 살 수 없는 의존적인 존재로 만든다. 비장애인에 맞춰진 기준에서 벗어나, 다양한 존재로의 삶도 존중받는 사회가 되길 소망한다. 그러한 세상이 온다면 사회적 약자라는 단어가 사라질 것이다.

# 세종대왕님,
# 저는 한글을 잘 몰라요

글자를 읽지 못한다면 어떨까? 해외여행 갔을 때를 떠올려 보면 좋을 것 같다. 그 나라의 언어로만 표기된 표지판을 보고 답답함을 느꼈다든가, 보디랭귀지를 총동원해 원하는 바를 말해도 한계를 느낀 경험 등 말이다. 즉, 글자를 읽지 못하면 생활이 다소 불편한 게 정도가 아니라 정보를 얻을 수 없고, 원하는 바를 표현할 수가 없다. 그리고 장애로 인해 글자를 읽지 못하는 사람은 이런 일을 한평생 겪어야 한다. 글을 읽지 못하는 것을 개인의 의지 문제로 바라보는 게 정당한지 한 번쯤은 생각해볼 일이다.

2008년에 한국장애인복지시설 협회에서 주관하는 '이용자 참여 매뉴얼' 연구단으로 활동했다. 그전에는 거주인이 웃으면 좋은 거고,

울거나 찡그리면 싫은 거로 생각했었다. 그게 그들이 할 수 있는 표현의 전부라고 생각했다. 그만큼 거주인과의 원활한 소통에 대해 깊이 생각한 적이 없었다. 그러나 연구단으로 활동하면서 시설 종사자의 역량에 따라 거주인의 표현 다양성이 달라지고, 의사소통의 폭이 달라진다는 걸 알았다.

욕구는 누구에게나 있다. 거주인 역시 마찬가지다. 우리가 좋다고 생각하는 것은 그들 역시 좋다고 생각한다. 다만, 그들이 표현하지 못함은 정보를 이해하기 쉽게 제공받지 못했기 때문이다. 애초에 빼곡한 글자로 작성된 설문지를 제공하는 것이 잘못이다. 거주인의 알 권리와 자기 결정권을 박탈하는 행위이다. 제대로 된 정보를 제공받지 못한다는 건 단순히 외국어로 된 표지판을 봤을 때의 답답한 마음을 넘어 삶의 주도성을 빼앗기는 일이다. 결과적으로 이들은 남을 통해 정보를 얻고 선택할 수밖에 없다.

나도 거주인들이 글자를 몰라 이해하지 못한다는 사실에 답답함을 느꼈다. 그들의 한계라고 생각했다. 그러나 순전히 나의 관점이라는 사실을 이제는 안다. 거주인이 자기 의사를 표현하지 않는 건, 표현 능력이 없어서가 아니라 확실한 정보를 제공받지 못했기 때문이다. 특성을 무시한 정보를 제공하는 우리가 야속했을 것 같다.

그래서 현재 우리는 글자로 작성된 설문지, 시간표, 연간 행사표, 욕구 및 만족도 조사 안내지, 동의서 등을 그들이 이해하기 쉬운 대체 언어로 바꾸어서 제공하고 있다. 거주인들의 자기 결정권 강화를 위함이다.

가장 많이 사용하는 방법은 그림과 사진 제공이다. 처음에는 인터넷에 나와 있는 이미지를 사용했는데, 거주인의 반응이 뜨뜻미지근했다. 그 이유를 알고자 삼성복지재단 지원사업으로 '이용자 참여 매뉴얼' 사업을 진행할 당시 자문 교수에게 조언을 구했더니, 지적장애인 특성상 경험이 없는 상태에서 정보를 제공하고 선택을 요구하는 것은 무리라고 하였다. 마치 외국어를 읽는 느낌일 거라는 이야기였다. 우리는 그제야 거주인이 외출 시 먹고 싶은 메뉴로 짜장면이나 고기만 꼽는 이유를 알았다.

그래서 우리는 거주인의 의사 결정을 확대하기 위한 목적으로 1년간 여러 가지 경험을 제공했다. 교통수단의 다양함을 알려주기 위해 전국을 돌아다니며 기차, 지하철, 택시, 비행기 등을 타보았으며, 다양한 음식을 알려주기 위해 맛집 투어를 했다. 그 외 생전 처음일 체험도 제공했다. 그러고는 이러한 경험을 바탕으로 욕구 및 만족도 조사를 보았더니 전보다 응답이 훨씬 풍부하고 다양해졌다.

처음에는 이 방식을 단순히 외출 시 먹고 싶은 음식과 가고 싶은 장소 파악에 사용했다면, 이제는 거주인에게 지원하는 서비스의 모든 영역에 확대하여 사용하고 있다.

그리고 이제는 나도 글자를 알아야만 정보를 제공받고, 의사를 표현할 수 있다고 생각하지 않는다. 사례 회의 때 보면, 어떤 거주인은 쇼핑하는 사진 카드를 보여주며 쇼핑을 하고 싶다고 표현하며, 어떤 거주인은 노트에 그림을 그려서 보여준다. 몸짓으로 자기 생각을 이야기하는 거주인도 있다. 이처럼 우리 거주인은 글자로만 소통해야 한다는 강박을 느끼지 않고 원하는 바를 다양한 방식으로 표현한다. 이렇게 글자 대신 그림으로 정보를 제공하고 응답을 끌어내는 방식은 여러 의미가 있다.

첫째, 그들의 자기 결정권을 확대할 수 있다. 어떤 거주인은 외출 전에 함께하고 싶은 선생님이 아니면 사진을 밀어낸다. 어떤 선생님과 외출하고 싶은지에 대한 표현이다. 좋아하는 메뉴, 하고 싶은 일 등도 같은 과정을 거친다.

둘째, 그들의 호불호를 알 수 있게 되었다. 예를 들어, 우리는 모든 거주인이 당연히 모든 외출을 좋아하는 줄 알았다. 그런데 소풍

가기 전, 사진을 이용해 장소, 동선, 가서 먹을 메뉴 등을 브리핑하고 동의를 구하는 과정을 거쳐보니, 소풍을 원하지 않는 거주인도 있었다. 이유는 '대형 버스를 타는 게 싫어서, 메뉴 추가 시 용돈으로 부담하는 게 싫어서' 등이었다. 거주인의 표현을 끌어내기 위해 노력하지 않았다면 모를 일이었다.

셋째, 거주인에게 서비스를 제공할 때의 태도가 달라졌다. 현재 우리는 거주인에게 글자와 숫자가 아닌 사진, 동영상, 몸짓 등으로 정보를 제공하고 있다. 어떻게 하면 이들의 의견을 반영해 사업할 것인가를 고민하게 된 것이다. 지금도 거주인의 시선으로 접근하고자 노력하고 있는 부분이다.

그림 설문지를 이용한 조사가 처음부터 수월했던 건 아니다. 거주인들은 처음에 어리둥절한 표정이었다. 자신의 의견을 말해도 되는지 매우 조심스럽게 직원들의 표정을 살폈으며, 어떤 거주인은 똑같은 질문에 응답을 여러 번 바꾸기도 했다. 또 무조건 좋다고 하는 거주인도 있고, 아예 반응이 없는 거주인도 있었다. 가끔 반응이 없는 거주인을 보면 가끔 '내가 지금 하는 시도가 의미 있는 일인가?' 의문이 들기도 하고, 이런 내가 미련해 보이기도 한다. 거주인의 의사를 끌어내지 못하는 것에 자괴감을 느끼거나, 역량의 부족함도 느낀다. 그럼에도 불구하고 여전히 다양한 방법을 고안하며 포기하지 않는 이유는 거주인의 권리를 조금이라도 보장해주고 싶은 나의 욕심이다.

지적장애가 있어 결정 능력이 낮다고 판단하는 것은 우리의 기준이다. 거주인은 이유를 막론하고 권리를 보장받아야 하며, 우리는 그 권리를 보장하기 위해 그들의 눈높이에 맞춰 정보를 제공할 의무가 있다. 우리는 거주인들의 의사 결정 능력이 향상되도록 끊임없이 자기 결정 경험을 제공해야 한다.

해를 거듭할수록 거주인의 선호도가 반영된 응답률이 높아지고 있다. 반복적인 경험을 통해 이루어진 결과물이다. 그림과 사진으로 대체 정보를 제공함으로써 거주인은 비로소 주체적으로 선택할 기회를 조금 더 넓힐 수 있는 계기가 되었다.

그들은 우리의 생각과는 달리 훨씬 더 예리하게 판단할 수 있는 능력을 갖춘 자들이다. 우리의 역할은 잠재된 능력을 끌어내고 좀 더 많은 이들이 응답할 수 있도록 방법을 찾는 것에 있다. 이러한 작업을 멈추지 않는 한 거주인의 의사 결정권이 확대될 것이다. 우리가 거주인의 시선으로 질문하는 것을 멈추지 않는 한 그들의 권리가 보장되리라 생각한다.

# 골라 보는 재미를 느끼고 싶어요

연초에 실시하는 사례 회의에서 은정 씨는 뮤지컬을 관람하고 싶어 했다. 그래서 어떤 뮤지컬을 볼지, 관람 전 저녁은 무엇을 먹을지를 상의하여 외출 계획을 세웠다. 그런데 좌석을 고르기 위해 공연장의 좌석 배치도를 보던 은정 씨가 이내 풀이 죽은 목소리로 말했다. "제가 선택할 수 있는 자리는 앞자리거나 뒷자리밖에 없네요".

공연장의 장애인석은 보통 앞자리나 뒷자리에만 마련되어 있다. 객석이 계단식이라 휠체어 진입이 앞자리와 뒷자리만 가능하기 때문이다. 이는 휠체어 이용자의 좌석 선택을 제한하고, 원하는 좌석에서 편안하게 관람할 수 있는 즐거움을 박탈하는 일이다.

실제로 은정 씨는 공연 후 맨 앞의 가장자리에서 공연을 본 탓에 배우들을 한눈에 볼 수 없었고, 무엇보다 무대를 올려다봐야 해 고개가 아파 아쉬웠다고 했다. 그러고는 자기로 인해 동행한 나까지 불편하게 관람하게 해서 미안하다고 했다. 나에게 사과할 일이 아닌데도 그리 말했다.

한번은 단체로 연극을 보러 대학로 소극장에 갔다. 미리 답사해 공연장의 위치와 구조를 파악해 두고, 혹시나 지적장애인들이 난동을 피거나 다른 관람객들에게 피해를 줄 거란 선입견으로 입장을 제지당할까 봐 미리 관람 가능 여부를 체크해 둔 터였다.

지하라서 생활재활교사가 거주인들을 업고 입장했다. 매우 불편했다. 그러나 우리는 장애인 접근 제한에 항의는커녕 관람을 허락받은 것만으로도 감사한 처지였다. 우리 거주인들은 업혀 내려오면서 몸이 경직되었다. 생활재활교사에게 미안한 마음이 들어서 힘을 주느라 그랬을 것이다. 그 모습을 보고 나에게는 한 가지 고민이 더 생겼다. 앞으로 공연을 관람하게 된다면, 보고 싶은 공연을 선택해 볼 것인지, 비교적 접근이 편리한 공연장을 찾을지 말이다. 그날 본 공연은 코믹물이었다. 우리 거주인들에게 정말로 재미있게 봤는지 묻고 싶다.

장애인 할인 혜택이 마냥 고마운 건 아니다. 장애인은 제값을 내

더라도 좌석의 선택권을 갖고 싶다. 무대를 제대로 볼 수 있고, 편안한 자세로 볼 수 있는 좌석을 원한다.

2021년 기준 우리나라의 등록 장애인은 약 264만 명으로 〈2020 통계로 보는 장애인의 삶〉에 따르면 2019년 기준 주말에 문화예술을 관람하는 장애인은 6.9%이다. 비장애인(20.1%)의 절반도 되지 않는다. 이에 따라 장애인도 편하게 문화생활을 할 수 있도록 2019년부터 배리어프리 논의가 본격화되었다. 배리어프리란, 장벽을 뜻하는 '베리어(Barrier)'와 자유를 뜻하는 '프리(Free)'를 합친 신조어로, 장애인 및 고령자 등의 사회적 약자들의 사회생활에 지장이 되는 물리적 장애물이나 심리적 장벽을 없애자는 일종의 사회 운동이다. 주로 국공립 단체와 공연장이 이러한 움직임에 앞장서고 있으며, 이에 공감하는 관객도 늘고 있다. 그러나 실제 공연장 이용은 지극히 제한적이다. 일부 수어 통역, 음성 해설 등의 배리어프리 서비스를 제공하는 공연에서 "눈이 부셔 공연을 보기 힘들었다"[19]라고 말하는 청인도 있었다.

장애인도 공연이나 관람을 하고 싶은 문화생활에 대한 욕구가 있다. 접근성이 떨어지는 등의 제한이 많아 누리지 못할 뿐이다. 비장애인이 방해받지 않고 편안하게 공연을 관람하기를 원하듯이, 장애인도 선택의 기회가 많아졌으면 하는 바람이다. 서로의 입장을 고려하며 모두가 즐길 수 있는 공존의 공연 문화가 자리 잡았으면 한다.

# 정보를 쉽게 제공받을 권리

우리 시설은 연초에 한 해 동안 진행할 프로그램을 거주인에게 설명하는 사업 설명회를 연다. 그래서 사업 설명회를 준비하는 선생님들은 1~2월에 가장 분주하다.

사업 설명회의 관건은 어떻게 하면 거주인이 이해하기 쉽도록 설명하는가이다. 파워포인트를 이용하거나, 설명하는 식의 사업 설명회는 거주인에게 별 호응을 얻지 못한다. '내가 거주인이라면 어떻게 해야 이해할 수 있을까?'라는 끊임없는 질문으로 준비해야 할 일이다.

예전에는 거주인에게 "볼링 칠까요?", "수영 배울까요?"라며 구두로 물었다. 이렇게 물으면 거주인 대부분이 질문 자체를 잘 이해하지 못하여 그냥 참여하겠다고 말했었다. 이렇게 참여한 프로그램에 흥미를 느끼지 못하는 건 당연하다.

애초에 프로그램 참여를 묻는 동의서가 잘못되었다. 프로그램에 적극적으로 참여하지 않는 거주인은 잘못이 없다. 모든 책임은 그들이 알기 쉽게 정보를 제공하지 못한 우리에게 있다. 거주인은 기존의 프로그램에 대해서는 어느 정도 인지하고 선택하지만, 새로운 프로그램은 경험치가 없기에 의사를 정확히 표현하지 못한다. 마치 비장애인이 장애인 운동 종목인 보치아(Boccia, 표적구에 공을 던져 표적구에 가까운 공의 점수를 합하여 승패를 겨루는 경기. 뇌병변중증장애인과 운동성 장애인만 참가할 수 있는 패럴림픽 종목 중 하나이다)를 접해보지 못하여 선택하지 못하는 것과 마찬가지다.

시각장애인은 점자나 음성으로 정보를 얻고, 청각장애인은 수화와 글자로 정보를 얻는다. 이처럼 우리 거주인도 그에 맞는 정보를 제공받고 선택할 권리가 있다. 모든 것을 직접적으로 경험하는 것은 어렵다. 직원들이 간접적인 경험을 제공함으로 선택의 오류를 줄여나갈 필요성이 있다. 이러한 취지로 사업 설명회를 시작한 지 햇수로 13년이 되었다. 처음에는 나를 포함한 직원 모두 발표 준비에 애를 먹었다. 정보를 거주인의 눈높이에 맞춰 제공해본 일이 없기 때문이다. 과정들은 매우 낯설었다.

선생님들의 사업 설명을 들어보면 고심의 흔적과 거주인을 향한 애정이 느껴진다. 사업 설명의 수준은 해가 갈수록 높아지고 있다. 초기에는 동영상이나 그림으로 사업을 설명했지만, 지금은 직접 연극을 하듯이 프로그램을 설명한다. 다양한 몸짓과 각종 소품까지 준비하는 선생님도 있다. 농사 프로그램을 설명하기 위해 흙을 가져와 모내기를 보여주는 식이다. '새참'을 설명하기 위해서는 몇 명의 직원이 간단히 대사를 준비해 새참을 먹는 연기를 한다. 사업 설명회도 몇 명의 직원과 거주인 대표들이 심사한다. 심사 기준은 단 하나, 거주인의 호응이다.

사업 설명회 후에는 발표한 장면을 토대로 설문지를 만들어 참여 여부를 조사하는데, 확실히 이전보다 선호도 표현이 정확해졌다. 우리 거주인들은 운동, 한글 공부, 숫자 공부 같은 학습 프로그램은 선호하지 않고, 제과 제빵, 요리, 외부에 나가서 활동하는 프로그램은 확실히 좋아한다. 이전에는 알 수 없는 것들이었다. 또 전에는 모든 프로그램에 참여하겠다는 거주인이 대부분이었지만, 이제는 담당자가 싫으면 선택하지 않기도 하고, 좋아하는 활동이면 적극적으로 참여하기도 한다. 이런저런 이유로 폐강되는 프로그램도 생겼다. 서비스 제공이 공급자 중심에서 수요자 중심으로 바뀌었다는 뜻이다.

사업 설명회 방식을 사용자의 눈높이에 맞춰 제공하는 건 단순히 정보를 쉽게 제공하는 의미에서 그치지 않는다. 이들은 자신이 선택할 수 있는 선택권을 우리에게 위임하는 것이다. 지금은 사업 설명회에 국한되지만, 스스로 결정할 수 있는 기획들이 쌓이다 보면 선택의 범위가 확장될 것이다. 공급자로서도 지레짐작으로 제공하는 서비스를 줄이고, 그들이 원하는 것을 제공하려는 노력이 확대될 것이다. 물론, 우리 시설의 사업 설명회도 거주인의 의견을 전부 반영하지는 못하고 있다. 그 틈을 최소화하는 게 우리가 해결해야 할 과제일 것이다. 우리의 최종 목표는 그들의 의견을 조금 더 끌어내 '어쩔 수 없이 한 선택에 대한 책임감을 강요받는 일'을 없애는 것이다.

이렇게 우리는 거주인들에게 말과 글보다는 시각적 정보로 제공하는 게 훨씬 효과적임을 알았다. 알기 쉽게 정보를 제공함으로써 소통도 원활해졌다. 그간 우리가 거주인과 소통이 힘들다고 느낀 것은 정보를 어렵게 제공한 결과였다. 그들에게 정보를 제공할 방법을 더욱 촘촘히 찾아간다면 질문에 대한 응답의 오류는 더 줄어들 것이다.

# 실패의 경험이 쌓이면 살아갈 힘이 생긴다

성호 씨는 정신장애와 지적장애가 있는 중복장애인이다. 그의 특성은 자신이 실패할 것 같은 일은 아예 시도조차 하지 않는 것이다. 새로운 도전을 두려워하며, 성호 씨는 입소 전 집에서도 거의 바깥에 나가지 않고 생활했다고 한다.

성호 씨와 대형 마트에 나들이 갔을 때의 일이다. 성호 씨는 상상했던 것보다 큰 매장 규모에 놀라고, 시식 코너에서 무료로 음식을 맛볼 수 있음을 신기해했다. 쇼핑하다가 점심때가 되었다. 우리는 매장 안에 있는 푸드 코트에서 식사하기로 했다. 성호 씨는 짜장면을 먹겠다고 했다. 나는 인지가 있는 성호 씨에게 키오스크로 직접 주문해보라며 체크 카드를 건넸다. 그러자 성호 씨의 얼굴이 사색이 되었다. 음식을 주문할 용기가 나지 않는다며 나에게 카드를 돌려주었다. 나중에 시설에서 나가서 살려면 이런 것도 경험해보아야 한다며, 내가 옆에서 도와주겠다고 말했지만 소용없었다. 20분가량의 실랑이 끝에 결국 내가 주문했다.

성호 씨는 짜장면을 먹으면서, 음식을 주문하는 과정에서 실패할까 봐 두려웠다고 말했다. 자신이 제대로 주문하지 못하는 모습을 다른 사람이 보고 장애인이라고 손가락질할 것 같아 용기가 나지 않았다고 말이다. 성호 씨의 말에 그간 거주인에게 일반적인 기준을 제시하며, 실패를 허용하기보다 성공을 강요한 건 아닌지 되돌아보았다.

우리 사회는 장애인에게 자립과 안전을 강조한다. 위험에 노출되어 경험을 쌓기보다는 위험에서 보호되어야 한다고 생각하고, 스스로 생활할 수 있어야 지역사회에 나가서 살아갈 수 있다고 믿는다. 나도 그렇게 생각해왔다.

그러나 세상에 남의 도움 없이 사는 사람은 없다. 우리는 성인이 되어 독립했다가도 아이를 낳은 후에는 아이를 부모님이나 기관에 맡기며 도움을 받는다. 일상생활에서 도움을 주고받는 일에는 끊임이 없다. 그런데도 왜 유독 장애인에게만 엄격하고 까다로운 조건을 내세우며 '스스로 독립해 살아가야 한다'라고 말하는 걸까?

거주인도 직장에 다니며 인간관계에서 오는 어려움을 느끼고, 연애해보며 이별의 아픔을 겪어보아야 한다. 지역사회에서 이러한 경험을 많이 해봐야 자립할 힘이 생긴다.

코로나를 겪어보지 못한 우리는 매스컴을 통해 코로나에 관한 각종 정보를 제공받는 데도 두려움에 떨었다. 코로나를 경험해보지 못했기 때문이다. 확진자가 급속도로 늘 때는 큰일이 닥칠 듯이 무서워했다. 그러나 이제는 많은 이가 평정심을 되찾았다. 코로나를 경험했고, 경험치가 쌓였기 때문이다. 거주인도 마찬가지다. 많은 경험과 실패를 해보아야 살아갈 힘을 얻는다.

그러나 이러한 사실을 알고 있음에도 사회복지 현장은 한정된 자원과 인력 부족 탓에 충분한 경험을 제공하지 못하고 있다. 그러면서도 단기간에 성공하기를 바란다. 성호 씨 같은 거주인이 실패해서는 안 되다는 강박을 느끼는 이유는 이러한 조건들 때문일 것이다.

안전에서도 마찬가지다. 중증장애인인 희경 씨는 혼자서 시내버스를 타고 외출하고 싶어 한다. 그러나 우리는 휠체어를 타는 희경 씨가 버스를 이용하기 위해서는 버스 회사 측에 미리 협조를 구해야 하고, 희경 씨가 목적지가 아닌 데서 하차할까 봐 등의 이유로 희망 사항을 차단했다. 하지만 희경 씨가 원한 건 목적지에 가는 게 아니라 혼자서 버스를 타는 것이다. 우리가 희경 씨 스스로 부딪히고 다른 사람에게 도움을 요청해볼 기회를 빼앗은 꼴이다. 안전에만 치중해 희경 씨의 의견을 묵살했음을 고백한다. 위험을 무릅쓰고 그들이 선택한 경험을 우선적으로 제공할 강심장이 우리에겐 없었다.

한번은 이런 일도 있었다. 은호 씨가 핸드폰 요금 폭탄을 맞았다. 우리는 은호 씨의 핸드폰 사용이 걱정되어 보호자와 긴급 사례회의를 열어, 은호 씨의 핸드폰을 해지하는 방향으로 의견을 모았다. 그러자 은호 씨는 "핸드폰 요금이 내 통장에서 나가는데 뭐가 문제인가요? 저는 요금을 적게 내는 것보다 친구와 연락하고 지내는 것이 더 좋아요"라고 말했다. 그 말을 듣고서야 우리에게는 정보를 제공할 의무는 있어도 결정권은 없다는 사실을 깨달았다. 우리는 그의 핸드폰을 해지하지 않았다.

그간 우리는 안전을 목적으로 거주인의 선택 범위를 제한했다. 그러나 그들에게는 시행착오를 겪더라도 경험할 기회가 필요하다. 누구나 실패를 경험하고 그 경험을 되살려 더 나은 모습으로 나아간다. 아이는 스스로 걷기 위해 수없이 넘어지고 일어나 또다시 걷는다. 부모는 아이가 스스로 걸을 수 있을 때까지 인내하며 기다려준다. 우리 역시 그들에게 더 많은 실패할 기회를 제공하고 기다려주어야 한다. 중요한 건 한 번의 시도로 성공하는 것이 아니라, 여러 번 실패해 자립할 힘을 얻는 것이다. 그것이 시설 밖에서 주체적으로 살아갈 밑거름이 된다.

# 이상함의 기준은 없다

〈별나도 괜찮아〉라는 미국 드라마가 있다. 자폐 스펙트럼 장애가 있는 주인공 샘이 사랑을 찾고, 가족으로부터 자립하는 과정을 보여주는 드라마이다. 샘 주변에는 그를 아끼는 사람이 많다. 샘의 장애에 개의치 않고 고민을 진지하게 상담해주는 친구 자하드, 샘의 장애를 있는 그대로 인정하고 여자친구가 되는 페이지, 샘이 생애주기에 맞게 자립할 수 있도록 응원하는 상담사 줄리아 사사키 선생님, 각자의 방식으로 샘을 지지하는 가족이 그들이다. 샘을 아끼는 이들의 공통점은 샘을 '있는 그대로' 바라보고 인정해준다는 점이다. 나는 이들 중 장애를 단지 한 사람의 특성으로 바라봐주는 자하드와 페이지 이야기를 하고 싶다.

여자친구 페이지는 샘이 사람들의 웅성거리는 소리와 시끄러운 음악 소리 때문에 무도회에 참석하지 못하는 사실을 알고는 학부모 회의에 침묵의 무도회를 제안한다. 침묵의 무도회란 음악을 없애는 게 아니라 헤드폰을 이용해 음악을 듣게 하자는 것이다. 이러한 페이지의 건의는 '적절한 배려'에 해당하며, 적절한 배려는 소위 '적극적 행동(Affirmative action)'에 해당한다. "역사 속에서 광범위하게 이루어졌던 차별을 없애기 위해서는 차별행위만을 단속할 것이 아니라 적극적인 조치가 있어야 한다"[20]라는 것이다.

페이지가 낸 안건에 학부모들 사이에서는 찬반이 오간다. 그 가운데 한 학부모가 "한 아이를 위해 모든 걸 바꿔야 하나요?"라고 묻는다. 그러자 샘의 엄마가 반문한다. "우리 아들은 학교 행사에 절대 참석하지 못한다는 건가요?". 그리고 찬성하는 사람이 많아 침묵의 무도회는 성공적으로 개최된다.

샘과 같은 장애가 있는 사람은 언제 어디에서나 배제당하고 제한받으며 살아간다. 침묵의 무도회 개최를 반대한 학부모의 모습이 우리 사회의 모습에 가깝다. 장애인에게 악한 마음을 품어서가 아니라 장애인에 대해 무지하고, 장애인을 알 기회가 적어서 차별한다. 그리고 나와는 상관없는 일이기에 알고자 노력하거나 개선할 의지가 없다. 이런 사회 전반적 태도는 장애인에게 있어 생활 모든 면에 기회가 주어지지 않거나, 제한되는 결과를 낳는다.

헤드폰을 끼면 애써 돈 들여 한 헤어스타일이 망가진다는 이유로 침묵의 무도회 개최를 반대하는 사람도 있다. 이 말을 들은 미용사인 샘의 엄마는 무도회에 참석하는 모든 아이에게 무료로 머리를 손질해주기로 한다. 이는 샘과 학생들이 다 같이 무도회를 즐기기 위해 합의하는 과정이다. 그러나 우리 사회는 여전히 사회적 약자를 위한 불편을 감수하거나, 변화에 대한 사회적 합의를 원치 않는다.

페이지의 제안이 없었더라면, 샘은 평생 무도회에 참석하지 못했을 것이다. 페이지의 생각은 출발선이 남들과 달랐고, 페이지는 샘과의 무도회 참석을 포기하지 않았다. 페이지의 생각은 '어떻게 하면 샘과 함께 무도회에 갈 수 있을까?'에서 시작한다. 우리 사회도 페이지와 같은 태도가 필요하다. 사회적 약자는 배제되어도 된다는 생각은 옳지 않다. 어떻게 하면 그들과 함께할 수 있을지에서 시작하는 게 옳다. 그것이 전제된다면, 사회적 약자는 사회 구성원으로 인정받으며 살아갈 수 있다.

자하드는 샘이 상담을 요청하면 하던 일도 멈추고 진지하게 들어주는 절친한 친구다. 샘의 수많은 조언에는 한결같음이 있다. 장애인이라는 이유로 제한하지 않고, 그 나이 또래 친구들 사이에서 나누는 대화들이라는 것이다. 샘은 자하드에게 줄리아 사사키 선생님에게 다시 상담받고 싶지만, 엄마가 허락하지 않을까 봐 고민하는 마음을 털어놓는다. 그러자 자하드는 "넌 독립적인 인간이야. 네가 원하면 뭐든 할 수 있어!"라고 말한다. 자하드는 장애가 있는 샘을 의존적인 존재로 바라보지 않는다. 온전히 한 사람의 인격체로 바라본다. 자신이 정말로 어딘가 이상한지를 묻는 샘에게 "이상하지만, 크게 신경 쓸 일은 아니야"라고 말하기도 한다. 그러면서 달팽이를 먹는 프랑스인들도 정말 이상하지만, 문제 되는 건 아니라고 한다.

이상함의 기준은 정해진 것도 없고, 사람마다 다르기도 하다. 사람에게 정해놓은 기준을 적용하는 게 과연 옳은 걸까? 기준에 미치면 능력이 있는 사람, 기준에 미치지 않으면 능력이 없는 사람으로 판단하기보다 사람마다의 고유 특성으로 바라보았으면 한다. 그러면 이상하다는 시선은 사라질 것이다.

우리에게는 다 큰 샘이 펭귄을 사랑하는 것을 아무렇지 않게 바라봐주는 주변 인물들과 같은 시선이 필요하다. 또한, 우리 사회에는 샘을 위해 고민하는 페이지와 같은 존재가 필요하다. 우리 주변에도 다양한 친구를 사귀는 것에 거부감이 없는 자하드 같은 친구와 꿈을 응원하고 독립적으로 살아가도록 돕는 가족 같은 사람이 있기를 바란다. 사회적 약자도 샘처럼 경계선 밖이 아니라 안에서 살아가길 바란다.

# 무관심에서 비롯한 편견

혼자 서울에 올라갈 일이 있었다. 볼일을 마치고 시계를 보니 점심시간이 훌쩍 지나 있었다. 서성이며 이곳저곳을 살펴보다가 점원이 음식을 직접 서빙하는 김밥집을 골랐다.

김밥을 먹는데 국물이 나오지 않아 살짝 목이 멨다. 물을 찾으려고 가게 안을 둘러보니 '어묵 국물은 셀프'라고 붙어 있었다. 순간, 먹을 수 없는 어묵 국물이 너무나 간절하게 느껴졌다. 서빙하는 분께 국물을 떠달라고 부탁할까 하다가 그만뒀다. 외국인인 점원이 주문받을 때부터 내 말을 잘 알아듣지 못했기 때문이다. 손이 불편해 국물을 뜰 수 없다는 설명을 덧붙여봤자 이해하지 못할 것 같았다.

목멤을 참아가며 식사를 마치고 빈 그릇을 퇴식구에 가져다 놓는 내 모습이 위태로워 보였나 보다. 그녀가 괜찮냐고 물어보며 내

빈 그릇을 치워주었다. 그 순간, 목이 메여 잘 내려가지 않던 김밥이 쑥 내려가는 기분이었다. 외국인이라 내 말을 잘 이해하지 못할 것이라고 섣부르게 판단한 것 같아 미안했다. 그녀의 마음 씀씀이를 보니, 내 부탁 내용을 완벽히 이해하지 못하더라도 기꺼이 도왔을 거라는 생각이 들었다.

평소 장애인을 편견 없이 봐 달라고 주장하면서 나 역시 외국인, 노인, 성 소수자 등 소수의 집단에 속한 사람들의 삶에 무관심하고 차별적 시선을 두었다. 나는 그녀를 김밥집 점원으로 바라보기보다 다문화 집단으로 바라보았다는 생각에 부끄러웠다.

그간 나에게 안 좋은 기억을 심어준 외국인은 없다. 이제껏 만난 외국인 모두 나에게 친절했다. 그런데도 차별적 시선을 둔 건 경험보다 매체에서 봐온 부정적 이미지 때문일 것이다. 그들을 무시하거나 상처를 준 적은 없지만, 나 역시 그들에게 무관심했음을 고백한다. 장애인으로서 차별당하며 살아온 내가 또 다른 누군가를 편견적인 시선으로 바라보고 있었다. 나의 외국인에 대한 이미지가 매체를 통해 고착되었듯이, 사람들에게 장애인에 대한 이미지도 매체를 통해 불쌍하거나 혐오스러운 존재로 인식되었을 수 있겠다는 생각이 들었다.

이번 경험을 통해 나는 두 가지를 깨달았다. 하나는 특정 집단에 편견의 프레임을 씌우고 사람을 판단한다는 것은 위험한 일이라는 것이고, 다른 하나는 내가 외국인에 대해 알고자 노력하지 않았다는 것이다. 장애인을 바라보는 비장애인의 입장이 이해되고도 남았다.

서로서로 편견 없이 바라보는 자세가 필요하다. 그것이 전제된다면 사회는 너그러워질 것이다. 서로를 아끼는 마음으로 다양성을 인정한다면, 우리의 삶이 더 풍요로워지지 않을까 기대해본다.

# 우리 이제,
# 마주치면 가볍게 인사해요!

처음 지역사회에 있는 미용실을 이용할 때였다. 당시 미용사님은 우리에게, 장애인이 있으면 다른 손님들이 싫어할 수 있으니 한가한 시간에 와달라고 하셨다. 그런 소리를 듣고도 우리는 그 미용실을 몇 년이나 우리의 스케줄에 맞춰 꿋꿋이 다녔다.

그러나 이제 미용사님은 우리 거주인의 특성을 다 파악하고 계시다. 말은 못 하고 '아' 소리로만 자신의 상태를 알리는 나은 씨 때문에 손님들이 놀라면 미용사님은 "이 친구의 특성이니 놀라지 마세요"라고 말씀하신다. 오랜 시간 보다 보니 나은 씨의 행동이 소란이 아니라 대화임을 알게 된 것이다. 나은 씨의 도전적 행동 중 하나는 바닥에 침 뱉기이다. 이도 미용사님은 괜찮아하신다. 우리가 봐온 시간만큼 이해의 폭이 넓어졌다. 미용사님은 이제 장애인을 나와 다른 존재, 기피해야 할 존재로 여기지 않는다. 장애인 역시 여느 손님과 다르지 않음을 알고 계신다.

사람들이 처음 장애인을 만나면 어떤 느낌일지 궁금하다. 낯설기도 하고, 무섭기도 할 것이다. 어떻게 대해야 할지 몰라 난감해하거나, 호기심 어린 눈으로 빤히 쳐다보거나, 예의상 시선을 회피하기도 한다. 모두 장애 당사자에게 실례되는 행동이다. 이러한 경계의 반응은 장애 당사자에게 '당신은 나와 다른 존재'라고 말하는 것과 같다.

사람들은 장애인을 처음 만나면 그 사람의 특성을 보기보다 '장애'를 집중해서 본다. 내 친구들 역시 나를 처음 봤을 때 몸이 불편한 사람으로만 봤다고 했다. 그러나 내 친구들은 이제 나를 음료수를 마실 때 빨대가 필요하고, 식판을 들어줘야 하는 친구라고 생각하지, 장애인이라는 생각이 들지 않는다고 했다. 그리고 장애인을 만날 기회가 많아지면 당황하는 일이 없을 것이라고 했다.

첫 책 출간 후 북토크에서 독자에게 이런 질문을 받았다. "이웃에 장애인이 사는데 마주칠 때마다 어떻게 해야 할지 모르겠어요. 어떻게 해야 하나요?". 그분의 마음속에는 장애인을 다른 이보다 조금 더 배려해야 한다는 생각이 있었던 것 같다. 장애인을 존중하고 싶은 마음에서 나온 질문이리라 생각한다. 답은 간단하다. 우리가 이웃을 만나면 인사하듯이, 장애인에게도 가볍게 인사하면 된다. 그러다 보면 조금 더 가까운 사이가 될 것이고, 시간이 흐르면 자연스럽게 오늘 입은 옷이 예쁘다든가, 날씨가 많이 쌀쌀해졌다 등의 일상적인 이야기를 나누게 될 것이다. 장애인이라고 해서 특별하게 대할 필요는 없다. 가끔 호기심과 측은한 마음에 선을 넘는 질문을 쏟아내는 사람도 있다. 어쩌다가 장애인이 되었는지, 가족들이 힘들어하지는 않는지 등의 말에 서슴없다. 우리는 이웃에게 실례되는 질문을 하지 않는다. 이들이 무례한 발언을 서슴없이 하는 이유는 상대가 장애인이기 때문이다. 이런 질문을 해도 된다고 생각하는 건 착각이다.

어느 날, 한 친구가 자신이 다니는 교회에서는 장애인만 따로 모여서 예배를 드린다고 했다. 목소리에는 자랑스러움이 베여 있었다. 나는 그 말을 듣고 매우 당황했다. 왜 굳이 장애인과 비장애인을 구분해서 예배를 드리는 걸까. 친구는 아마 우리 교회가 장애인을 이만큼 생각하고 배려하고 있다고 주장하고 싶었을 것이다. 하지만 이건 엄연한 차별이며, 장애인을 배제하는 행위이자 너와 나는 다르다는 사람임을 확인시키는 일이다. 그런 예배에 장애 당사자의 의견이 반영되었는지도 궁금하다. 아마도 비장애인 중심으로 생각한 결론이었으리라 생각된다. 장애인의 존재가 예배에 방해가 된다고 말하는 사람도 있을 것이다. 그러한 이유에서라면 방음이 되는 유리 벽을 설치해 함께 예배드리는 게 맞지 않을까 싶다.

이런 차별이 비단 교회에서만 이루어지는 건 아니다. 사회에도 장애인 캠프, 특수 학교, 장애인 직업재활시설 등 장애인을 분리해 운영하는 곳이 너무 많다. 각종 행사를 열거나 장소를 사용하는 데에 있어 '장애인'이라는 말이 꼭 붙어야 할까? 꼭 장애인과 비장애인을 구분해야 할까? 함께 어울릴 방법을 찾는 편이 더 좋을 것 같다. 가끔 사회는 어떻게 하면 장애인에게 방해받지 않을까를 연구하는 것처럼 느껴진다. 우리는 모두 예비 장애인이라는 사실을 알아야 한다. 미래에 내가 배제당하지 않기 위한 준비가 필요할 것이다.

내 친구들은, 내가 특수 학교에 진학하지 않고 일반 학교에 진학했기에 장애인을 만날 기회를 얻고, 장애인을 대하는 방법을 알고, 친구가 되었다. 이처럼 장애인과 마주치거나 만나는 일이 많아진다면, 장애인과 이웃이 되거나 친구가 되는 일 또한 매우 일상적이고 자연스러운 일이 될 것이다.

# 그 마이크 제가 잡아드릴게요

인천 배다리에는 마음이 쉬는 공간이라는 의미의 '마, 쉬'라는 그림책방이 있다. 이 책방의 김미영 대표님과는 네이버 카페 〈엄마의 꿈방(이하 '엄방')〉에서 '함께 글 쓰는 여자' 스터디를 하면서 알게 되었다. 김미영 대표님은 내게 "책 나오면 북토크 한번 해요"라고 제안하셨다. 당시 그 말에 상상만으로도 무척 설렜다. 그러나 한편으로는 '장애인이 하는 북토크에 사람들이 관심이나 둘까?' 싶은 생각도 있었다.

책이 출간되자 김미영 대표님과 조현진 북토크 기획자님은 잊지 않고 내게 북토크를 제안해주셨다. 지금 생각해도 기회를 주신 데에 감사하다. 그러나 마음에 걸리는 게 있었다. 내 어눌한 발음으로

하고자 하는 말을 잘 전달할 수 있을지에 대한 걱정이었다. 하고 싶은 마음과 걱정되는 마음이 상충했다.

고민 끝에 북토크를 하기로 했다. 두 분께서 열심히 홍보해주신 덕에 관심을 보이는 독자도 있었고, 지금 포기하면 기회가 없을 것 같았기 때문이다. 이 기회를 잡지 않으면 다음에도 도망갈 것 같았다. 후회하고 싶지 않았다. 대표님과 북토크 기획자님은 너무 긴장한 나를 위해 따로 시간을 내어 연습도 하게 해주셨다. 무사히 북토크를 마친 건 그들의 진심 어린 피드백 덕분이다.

그 후 7월에 엄방에서 6명의 작가가 릴레이 형식으로 북 콘서트를 진행한다는 소식이 들렸다. 나도 그곳의 작가로 제안받았다. 북토크 때는 온라인 형식이어서 제약이 없었는데, 이번에는 대면이라서 무척 걱정이었다. 어떤 주제로 말할지보다 '당일에 핀 마이크를 사용할 수 있을까? 나 대신 슬라이드를 넘겨줄 사람이 있을까?' 등이 더 신경쓰였다.

북 콘서트 준비를 위해 담당자와 작가들이 단톡방을 만들었다. 나는 그곳에 조심스레 핀 마이크를 사용할 수 있는지를 물었다. 불가능하다면 마이크 지지대를 들고 갈 생각이었다. 그러자 북 콘서트 참가 작가이자 《글 쓰는 전업주부의 사생활》을 쓰신 조혜란 작가님이 핀 마이크 사용이 안 되면 자신이 마이크를 들어주시겠다고 했다. 그 말을 듣는 순간, 그간 강원도에서 서울까지 무거운 마이크 지지대를 들고 갈 생각만 했지, 다른 사람에게 도움을 요청할 생각은 미처 하지 못한 걸 알았다. 우리 거주인들에게는 도움이 필요하면 요청하고, 그것이 부끄러운 일이 아니라고 말했으면서 정작 나는 나의 장애를 부끄럽게 여겨 선뜻 도움을 청하지 못했다. 남을 힘들게 하는 일이고, 민폐를 끼치는 행동이라고 생각했다.

북 콘서트 당일이 되었다. 나의 사정을 전해 들은 엄방의 수장 한혜진 작가님이 핀 마이크를 챙겨 오시고, 스텝 중 한 분은 젠더를 챙겨 오셨다. 모두가 나의 애로 사항을 그냥 지나치지 않고 자기 일인양 준비해오셨다. 그들의 따뜻한 마음이 느껴져 행사 내내 울컥했다. 핀 마이크 연결이 잘 안되어 사용하지는 못했지만 괜찮았다.

그날 마이크는 진행자님이 잡아주셨다. 진행 내내 불편함이 없었다. 행사 전 진행자님이 작은 목소리로 "천천히 이야기하세요"라고 조언해주신 것도 도움이 되었다. 덕분에 준비한 말을 빠뜨리지 않고 잘 전달했다. 슬라이드를 넘겨주신 스텝도 계신다. 삼박자가 이루어진 북 콘서트였다.

그들은 나에게 핸디캡이 있다고 하여 나를 제외하지 않았다. 참여할 수 있도록 진심으로 도와주신 덕분에 그간 얻기 힘들었던 경험을 했다. 그날 느꼈던 울림은 여전히 내 가슴속에 남아 있다.

이후 문화체육관광부와 한국문화예술위원회에서 문화나눔 도서 보급 선정 도서를 대상으로 한 '나의 첫 책' 프로젝트로 또 한 번 북 콘서트를 열어주었다. 이전의 경험으로 나는 당당하게 핀 마이크 준비를 요청했다. 역시 담당자는 흔쾌히 핀 마이크는 물론이고, 내 책에서 읽었다며 빨대도 준비해주셨다. 또한, 그날 오실 청중 중에 휠체어를 이용하는 장애인도 있을 거란 생각에 따로 의자를 준비해달라고 요청했는데, 정말 현장에 모든 독자가 앉을 수 있도록 의자가 마련되어 있었다.

세 차례의 행사를 통해 많은 것을 배웠다. 우선 발음이 정확하지 않아도 남들 앞에서 말을 할 수 있음을 알았다. 그리고 모든 일은 혼자서 하는 게 아님을 알았다. 도움이 필요한 부분을 솔직히 말하고 준비를 요청하면 가능한 일이다.

나의 북 콘서트를 통해 비장애인만 문화 행사에 참여할 수 있는 게 아니라는 걸 나의 북 콘서트에 참석한 청중은 알게 되었을 것이다. 행사를 준비해주시는 분들은 장애가 있는 강연자를 돕는 방법을 알게 되었을 것이고, 나 역시 장애가 걸림돌이 되지 않도록 해결하는 법을 알았다.

앞으로 또다시 북토크를 할 기회가 생긴다면 장애인 청중들이 접근하기 좋고, 편리한 장소에서 하고 싶은 욕심을 슬쩍 가져본다. 이 자리를 빌려 '마, 쉬'의 김미영 대표님, 엄방의 한혜진 작가님을 비롯한 스태프진과 주)더피알엠의 윤미혜 과장님에게도 감사드린다.

# 기준의 다양성을 인정한 시선

내 남편은 비장애인이며, 나보다 더 장애에 관한 생각이 유연한 사람이다. 아이들은 초등학교에 가면서 더 장애에 대한 개념이 정확해지고, 친구들의 엄마와 내가 다르다는 걸 인식하기 시작했다. 약간 창피하다고도 했다. 이 부분에 대해 남편과 이야기 나눈 적이 있다. 남편은 이야기를 다 듣고, 나에게 장애가 있다는 사실이 창피한지 물었다. 그래서 "창피하지 않다고 의식적으로 생각하려 노력하지만, 때로는 창피함이 느껴질 때가 있다"라고 답했다. 남편은 다시 장애가 있는 것이 왜 창피한지 되물었다. 이에 대해서는 당황해서 아무 말도 하지 못했다.

장애는 부끄러운 게 아니라고 주장하면서 창피함을 느끼는 내 모습에서 모순이 느껴졌다. 내가 장애를 창피해한 적이 언제였는지 곰곰이 생각해본다. '나의 기준이 아닌, 비장애인의 기준에서 능력을 발휘하지 못할 때'라는 생각이 든다.

남편은 장애인을 바라보는 관점이 일반 사람들과 다르다. 그는 사람들을 장애인과 비장애인으로 구분하지 않고 그냥 개인으로 본다. 도움이 필요한 사람을 기꺼이 돕지, 장애인이라는 이유로 과잉 친절을 베풀거나 측은한 마음으로 돕지 않는다. 장애인에게 무조건 베풀어야 하는 사회적 분위기에도 의문을 품으며, 그런 생각 자체가 차별이라고 말한다.

남편이 나를 배우자로 선택함에 있어 장애는 방해 요소가 되지 않았다. 사랑은 서로가 편견 없이 상대를 바라봐야 성립된다는 말을 들은 적이 있다. 남편은 아마 나의 장애에 편견을 갖지 않고, 있는 그대로의 나를 인정하였기에 배우자로 선택했을 것이다. 남편은 장애 당사자인 나보다 더 나를 있는 그대로 바라봐준다. 오히려 내가 장애가 있어 불편한 점이 있기보다는, 물놀이를 싫어하는 나로 인해 본인이 물놀이를 마음껏 하지 못하는 게 불만이다.

결혼생활에서도 남편은 내가 할 일과 자신이 할 일을 정확히 구분한다. 예를 들어, 나는 쌍둥이가 다칠 위험이 있어 손톱을 깎아주지 못하고, 국물이 든 그릇을 옮기지 못한다. 이런 일은 남편의 몫이며, 남편은 이에 대해 불만을 토로한 적이 없다. 때로는 다른 집 남편들처럼 일하고 와서 조금 더 쉬고 싶은 순간도 있으리라는 생각은 든다.

또한, 남편은 부부 사이에 남자와 여자가 할 일의 기준을 세워놓지 않았다. 그래서 가사 분담에 있어 자기가 할 수 있는 일을 자기의 능력으로 할 수 있는 부분이라고 단순하게 정리한다. 그래서 장애가 있는 아내 대신에 하는 일로 생각하지 않으며, 나 또한 남편에게 미안해하거나 눈치 보지 않는다.

우리 사회는 아직 다양성을 존중하는 분위기가 아니다. 가족의 구성원은 꼭 엄마와 아빠가 기본적으로 있어야 하고, 결혼 적령기가 되면 꼭 결혼해야 한다고 생각한다. 그러고는 이 기준에서 벗어난 사람을 이상한 사람이라고 생각한다.

기준의 범위를 넓혀보는 건 어떨까? 기준이 다양해지면, 기존의 기준에서 벗어난 사람이 자신을 끊임없이 증명할 필요가 없어질 것이다. 다름을 인정할 때 비로소 공존하는 문화가 형성되고, 개인을 고유한 특성이 있는 한 사람으로 바라보게 된다. 다양성을 풍부함으로 해석해도 좋겠다. 풍부해지면 사회가 정해 둔 기준이 희미해지고,

누군가를 차별하거나 편견을 덧씌워 바라볼 일도 없을 것이다.

나는 우리 아이들이 넓은 시각으로 타인을 바라볼 수 있기를 희망한다. 다수의 사람과 다르다고 해서 창피한 게 아님을 알려주고 싶다. 우리 아이들이 성인이 되었을 때는 다양성이 존중되는 세상이 되길 바란다.

# 그곳은 경계선이 보이지 않았다

대학에서 장애인복지정책이란, 장애인복지법 제1조에 근거하여 "장애인의 자립생활 보호 및 수당 지급 등에 관하여 필요한 사항을 정하여 장애인의 생활 안정에 기여하는 등 장애인의 복지와 사회활동 참여 증진을 통하여 사회통합에 이바지함을 목적으로 한다"라고 배웠다. 그래서 당시에는 장애 당사자에게 의지만 있으면 사회통합이 가능하다고 생각했다.

그러나 현실은 책에서 말하는 사회통합과는 거리가 멀다. 졸업한 지 20년이 흘렀지만, 장애인복지정책 목적이 실현되고 있는 곳을 찾기가 쉽지 않다. 책에서 말하는 장애인복지정책은 이상에 가깝다.

장애인이 일하는 형태는 두 부류로 나뉜다. 비장애인의 일터에서 장애인이 일하는 형태와 다수의 장애인이 모여 일하는 형태다. 전자의 경우에는 일하는 장애인의 수가 적어 개별 능력보다는 장애 자체가 부각된다. 직장 내 분위기도 장애인을 배려 차원에서 채용했다는 인식이 크다. 장애인이 비장애인과 동등하게 일하기 어려운 형태다. 후자의 경우에는 장애인 고용을 목적으로 운영되는 곳으로 작업 활동시설 등이 해당한다. 그러나 그곳은 사회통합이라기보다는 사회적 불리에 가깝다.

최근 장애인과 비장애인 모두가 아무런 제한 없이 자유롭게 드나들 수 있는 카페를 발견했다. 여주에 있는 '무이숲'이라는 카페다. '무이숲'은 푸르메재단에서 운영하는 발달장애 청년들의 일터로 현재 39명의 발달장애 청년이 토마토와 버섯을 재배하고, 7명의 발달장애 직원이 카페와 베이커리에서 일하고 있는 국내 최대 규모의 발달장애인 자립을 위한 카페다. 무이(無異)라는 이름부터 차별하지 않겠다는 존중의 메시지를 담고 있다. 장애, 성별, 나이, 인종 등으로 인해 차별받지 않음, 동등하게 존중받아야 함을 뜻한다.[21] 나는 그 뜻이 정말 마음에 들었다. 이후 나는 그 뜻을 마음속에 담고 되새겼다. '무이숲'이 다른 카페와 다른 점은 다음과 같다.

첫째, 내가 그곳을 방문한 시간은 점심시간이 약간 지나서였다. 휴게 시간인지 발달장애인과 비장애인이 마당 한쪽에서 '무궁화꽃이 피었습니다' 놀이를 하고 있었다. 휴식 시간에 함께 어울려 노는 모습이 색다르게 보였다. 장애인은 돌봄을 받고, 비장애인은 돌보는 위치에 놓인 일반적인 모습이 아니었다.

둘째, 손님들 역시 발달장애인을 경계하지 않았다. 손님들은 그들을 장애인에 초점을 두기보다 카페에서 일하는 직원, 바리스타, 제빵사로 바라보는 것 같았다. 카페의 운영 철학과 실천이 사람들에게 전해진 게 아닐까 싶다.

셋째, 건물 내 장애인편의시설의 꼼꼼한 설계가 장애인과 비장애인의 공존을 이루었다. 일단 카페의 마당부터 진입로까지 어떠한 턱도 없었고, 자동 출입문에는 휠체어 이용자가 쉽게 터치할 수 있도록 버튼이 약간 낮은 위치에 설치되어 있었다. 이렇게 설치하면 비장애인뿐 아니라, 휠체어 이용자와 5살 정도의 아이 모두 스스로 문을 여닫을 수 있다.

그리고 엘리베이터는 기본, 한 뼘 정도 높이의 단차에도 경사로가 있어 휠체어가 드나들기 쉬웠다. 의무적으로 장애인편의시설을 설치했다기보다 처음부터 장애 당사자의 카페 이용을 염두에 둔 설계라는 걸 느낄 수 있었다.

넷째, 장애인이 직접 디자인한 굿즈를 판매함으로써 장애인의 특성을 그대로 인정한 결과물을 보여주었다. 흔히 굿즈라고 하면 예쁘고 완성도 높은 제품을 떠올린다. 그러나 이곳에서 제작한 굿즈는 삐뚤빼뚤한 글씨, 투박하지만 창의적인 그림이 든 제품들이다. 스티커, 그림엽서 등 제품도 다양했다. 이는 발달장애인의 특성을 그대로 인정한 데에 의미가 있다. 예쁘게 만드는 것이 목적이었다면 애초에 굿즈는 만들어지지 않았을 것이다.

나는 모든 공간이 장애인복지정책의 목적인 사회통합을 실현하기 위해 인위적으로 만들어지길 원치 않는다. 이곳처럼 자연스럽게 이루어지길 바란다. 장애인과 비장애인 간의 경계가 없고, 누구나 제한 없이 드나들 수 있는 곳이 우리 주변에 많이 생겨나길 바란다. 그리하여 더는 '무이숲' 같은 카페가 이색적으로 느껴지지 않는 날이 오길 기대한다.

# 장애인을 자연스럽게 받아들일 수 있는 환경

아이들과 〈페파 피그〉라는 애니메이션을 보았다. 그날의 에피소드는 휠체어를 탄 맨디가 처음으로 유치원에 간 이야기다. 어린이용 애니메이션에 장애인이 나오는 건 흔치 않은 일이라 놀랍기도 하고 반가웠다.

선생님은 맨디를 아이들에게 소개하며 오늘 하루 함께 지내보고, 맨디가 유치원에 계속 다닐지 말지 결정할 거라고 한다. 우리나라였다면, 유치원에 다닐지 말지를 결정하는 건 장애 당사자가 아니라 유치원 교사나 학부모, 혹은 반 친구들이었을 것이다.

아이들이 맨디에게 왜 휠체어를 타는지 묻는다. 이에 맨디는 이에 주눅 들어 하는 모습 없이 "나는 걸을 수 없지만 튼튼한 휠체어

다리가 있다"라고 소개한다. 그 말에 아이들은 맨디에게 멋지다고 한다. 장애를 결함으로 생각하지도 않으며, 적극적으로 친구들과 농구를 하는 멘디의 모습을 보면서 미소가 지어졌다.

쉬는 시간이 끝나고 언덕을 오를 때 페파는 맨디에게 도움이 필요한지를 묻는다. 맨디는 도움을 거절한다. 이에 페파는 기분 나빠하지 않고 맨디의 속도에 맞춰 함께 올라간다. 그러다 맨디가 힘들다고 도와달라고 할 때 기꺼이 돕는다. 맨디는 처음부터 도와달라고 하지 않고, 스스로 해보고 도움이 필요할 때 망설이지 않고 부탁한다. 맨디는 주체성을 가지고 있으며 도움받는 일에 자존심을 내세우지 않는 아이였다.

맨디가 장애인이라고 해서 배제되거나 특별한 존재로 다뤄지는 장면은 없었다. 장애로 인해서 하지 못하는 것을 보여주기보다 긍정적인 면을 보여주었다. 그리고 마지막으로, 맨디를 통해 장애인은 도움을 받기도 하고 도움을 거절할 수도 있는 주체임을, 페파를 통해 비장애인은 장애인을 무조건 돕는 게 아니라 도움을 청할 때 돕는 게 옳다는 것임을 알려준다.

어린이용 애니메이션에 장애인 아이가 등장한 것은 큰 의의가 있다. 어릴 적부터 자연스럽게 장애인을 쉽게 접할 기회가 많아진다면, 어린아이들은 장애인을 만났을 때 이질감을 느끼지 않고 친구로 받아들일 수 있을 것이다.

아이들에게 휠체어를 탄 맨디를 본 소감을 물었다. 한 아이는 아무렇지 않았다고 했다. 아이의 눈에 맨디의 장애가 크게 부각되지 않음을 알았다. 장애인을 내가 꼭 챙겨야 하는 귀찮은 존재로 인식하지 않았다는 뜻이다. 그리고 한 아이는 맨디가 편하게 놀 수 있도록 놀이터로 가는 길이 고쳐졌으면 좋겠다고 했다. 장애인이 변화해야 한다는 생각이 아니라 환경이 개선되었으면 하는 생각을 하는 것이다. 한편의 애니메이션을 통해 아이들은 장애인을 자연스럽게 받아들이고 개선되었으면 좋겠다는 부분을 스스로 찾아내었다. 이처럼 어릴 적부터 장애인에 대해 생각할 기회들이 좀 더 많아지면 아이들은 거부감없이 받아들일 수 있으리라 생각된다.

우리나라에서도 최근 〈딩동댕 유치원〉에 휠체어를 탄 아이가 등장했다. 40년 역사의 프로그램으로서는 새로운 시도다. 아이들이 장애인에 대한 편견을 갖지 않는 계기가 되었으면 한다. 앞으로도 어린아이의 눈높이에 맞춘 장애인식 콘텐츠가 많이 나오길 기대한다. 이런 매체를 보고 자란 아이들이 어른이 되면 다양성이 존중되는 사회가 될 것이다.

# 보물 같은 곳을 발견했다

나는 여행을 가거나, 맛집, 핫플레이스 등을 방문하면 꼭 장애인 편의시설 유무를 확인한다. 나도 모르게 하는 행동이다. 첫 번째 이유는 우리 거주인의 캠프나 소풍 장소를 알아놓기 위한 일종의 직업병이고, 두 번째 이유는 나 역시 장애인이기 때문이다. 노력하지 않아도 자연스럽게 눈길이 간다.

요즘은 대부분 시설에 장애인편의시설이 기본적으로 갖추어져 있다. 그래도 한두 개의 턱이 보이거나, 점자 보도블록이 깔리지 않았거나, 점자 안내판이 없으면 마음이 편치 않다.

최근에 아이들과 함께 제주도로 가족여행을 다녀왔다. 4박 5일 동안 많은 관광지를 다녔다. 그중에서 휠체어 이용자가 도우미 없이 관람이 가능한 곳을 발견했다. 마치 내가 찾고 있던 보물을 찾은 듯한 느낌이었다. 그곳은 바로 '제주항공우주박물관'이다. 엘리베이터나 경사로가 있어도 서너 개의 단차가 있는 게 보통인데, 이곳은 단차가 하나도 없었다. 박물관 내에 있는 상영관에도 계단과 단차가 없어서 깜짝 놀랐다. 정확히 표현하자면 감동이었다.

게다가 비행기 내부를 볼 수 있는 모형 전시물에도 휠체어 리프트가 설치해 있었다. 보통 이런 전시물은 높아서 계단을 이용해야 하기 마련인데, 이곳은 휠체어 리프트가 설치해 있어서 휠체어 이용자가 누구의 도움 없이 내부를 들여다볼 수 있게 되어 있었다. 단차가 없어 휠체어 이용이 자유롭고, 휠체어 리프트가 곳곳에 설치해 있다는 게 얼마나 감동이었는지 모른다. 아마 지을 때부터 장애인 편의를 위해 세심히 설계했을 것이다.

관람 후 홈페이지에 배리어프리 공간을 만들어주어 감사하다는 글을 남겼다. 역시 그 박물관은 설계 단계부터 장애인 관람객을 고려했음을 밝히며, 최근 건물의 모든 바닥의 단차를 없애는 작업을 했다고 했다. 끊임없이 장애인, 유아차를 끌고 다니는 보호자, 워커를 이용하여 보행하는 어르신을 위해 개선해나가는 직원들에게서 따스함이 느껴졌다.

낮은 턱이나 계단 서너 개 정도는 주변인의 도움을 받으면 간단히 오르내릴 수 있지 않느냐고 생각하는 사람도 있을 것이다. 그러나 도움받아야 할 사람의 입장은 다르다. 어찌 마주치는 턱마다, 계단마다 도움을 받을까. 이런 방법은 일시적으로 문제를 해결할 수는 있으나 근본적인 해결책은 아니다. 도움받아야 하는 사람에게도 여행은 즐거워야 한다. 도움을 요청하는 일에 신경을 쓰다 보면 여행의 목적이 퇴색한다. 도움을 요청하는 과정에서 얼굴 붉히는 일도 무척 신경 쓰이는 일이다.

2020년 통계청의 〈통계로 보는 장애인의 삶〉에 따르면, 주말에 관광 및 여행을 한다고 대답한 장애인은 전체의 7.1%에 그쳤고, 한국장애인개발원의 〈2018년 장애인 삶 패널조사〉에 따르면 장애인의 국내 여행 경험률은 21.3%, 해외여행 경험률은 6%에 불과한 것으로 나타났다. 비장애인보다 장애인의 여행 경험이 상대적으로 적은 이유는 여러 가지가 있겠지만, 그중 한 가지는 '대부분의 관광지가 신체 건강한 사람의 기준으로 설계되었기 때문'이다. 몸이 불편한 사람에게 여행은 많은 제약이 따른다.

다행인 건 예전에는 이러한 문제의 원인을 장애인 개인에게 돌

렸으나, 이제는 그렇지 않다는 것이다. 여행사도 장애인을 고객으로 해 무장애 여행 패키지 같은 상품을 내놓는다. 이러한 상품의 대상은 거동이 불편한 사람, 유아차를 이용하는 사람 등이다. 장애 당사자에게 반가운 소식이다.

구체적으로 '무장애 여행'이란, 휠체어가 다닐 수 있는 여행을 뜻하는데, 넓게는 거동이 불편한 어르신, 유아차가 필요한 영유아를 둔 가족까지를 포함하여 독립성, 공평성, 존엄성, 연결성을 토대로 가고 싶은 곳을 어디든 갈 수 있는 여행 방식을 뜻한다. 무장애 여행 추천지를 둘러보면, 전동 휠체어 급속 충전기, 수어 영상, 휠체어 탑승이 가능한 전기 관람차 등이 제공되는 곳이다. 조금 더 욕심을 내 보자면 이러한 정보를 발달장애인이 이해하기 쉽도록 그림으로 설명해주면 좋겠다. 지자체별로 장애인의 편의를 제공하는 곳이 늘어가고 있어 나로서는 세상의 문턱이 점점 낮아지고 있음을 느낀다. 나아가 무장애 여행 추천 여행지는 음식점이나 숙박 시설에서의 거부가 없었으면 좋겠다.

무장애 여행 정보를 제공할 때 자료 조사나 취합은 장애 당사자가 직접 참여했으면 한다. 당사자가 아니면 알 수 없는 불편함이 있기 때문이다. 예를 들어, 비장애인은 경사로 설치 유무만 파악하겠지만, 장애 당사자는 휠체어를 이용해 올라갈 수 있는 경사로인지,

가파르지는 않은지까지 파악할 수 있다. 이렇게 지나치기 쉬운 부분까지 조사가 이루어진다면 조금 더 실질적인 여행 정보를 제공할 수 있을 것이다. 장애인이 헛걸음하는 일이 없도록 꼼꼼히 취합되어야 할 것이다.

시설에서는 여행지를 고를 때 거주인들이 가고 싶은 곳보다 장애인편의시설이 갖추어진 곳을 고른다. 무장애 여행이 보편화해 거주인과 함께하는 여행을 위해 사전 답사하는 일이 없었으면 좋겠다. 무엇보다 장애 당사자가 갈 수 있는 곳을 고르기보다 가고 싶은 곳을 선택할 수 있었으면 좋겠다. 무장애 여행이 보편화되면, 장애인뿐만 아니라 모든 이들에게 편리한 여행이 될 것으로 생각한다.

# 느리지만 저도 일하고 싶어요

우리 시설은 성인기에 있는 지적장애인이 사는 곳이다. 생애주기에 따르면 이곳 거주인에게는 직업 관련 서비스를 지원해야 한다. 그러나 직업 체험 활동은 이루어지고 있으나 취업 활동은 지원하지 못하고 있는 실정이다. 주유소, 찜질방, 약초 상회 등에서 아르바이트를 한 거주인도 오래 일하지는 못했다. 비장애인의 기준에 맞춰 일하기를 원하는 업체의 바람과 거주인의 크고 작은 사고들 때문이다. 당시 나도 '여기는 시골이어서 우리 거주인들이 일할 곳이 부족해', '우리 거주인의 느림을 기다려주는 업체는 없어' 등등 나름의 이유를 대며 책임을 회피했다.

그러던 어느 날, 대희 씨가 이런 내 마음을 정확히 알고 있다는 듯 "선생님, 저 돈 벌고 싶어요"라고 말했다. "한 달에 얼마 벌고 싶으세요?"라고 묻자, 대희 씨는 5만 원이라고 했다. 간절함이 묻어 있는 그의 목소리에 나는 5만 원을 꼭 벌게 해주고 싶었다.

지역사회로의 취업은 생각보다 쉽지 않았다. 그래서 나는 우리 원 내에서 진행하고 있는 천연비누 만들기 프로그램을 활용해보기로 했다. 초기 자본 확보를 위해 사회복지공동모금회에 '직업 재활'이라는 타이틀로 천연비누 판매 사업 기획서를 제출했다. 이후 우리 사업은 조금씩 번창해 비누 꽃다발, 비누 카네이션, 석고 방향제, 직접 지은 농산물 등을 판매하게 되었다. 비누 꽃다발과 비누 카네이션은 졸업식과 어버이날 시즌이 되면 지역사회와 교회 등에서 단체 주문이 들어오기도 했다.

물론 처음부터 팔 수 있는 상품을 생산한 건 아니다. 전문 강사에게 일일이 배워가며 비누 베이스 자르기가 가능한 거주인, 포장이 가능한 거주인 등등 능력에 따라 분업한 결과다. 직원들의 손길도 필요했다. 거주인이 기초 단계를 만들면 직원들이 완성하는 식이다. 단체 주문이 들어오면 우리는 거주인이 조금이라도 더 돈을 벌었으면 하는 마음에 업무를 제쳐놓고 야근까지 하며 수량을 맞추었다. 직원들의 고생이 많았다. 매달 거주인들과 만든 물건을 팔기 위해 지역사회에 열리는 장터에 나가느라 주말도 반납했다. 그렇게 대희 씨의 통장에 적게는 5만 원, 많게는 10만 원의 돈을 입금할 수 있었다.

우리는 이 사업을 통해 20여 명의 거주인에게 월급을 넣어주며 뿌듯함을 느끼는 동시에 많은 것을 얻었다. 그간 우리 거주인들은 직접 만든 상품을 지역사회에 있는 장터로 가지고 나가 직접 판매했다. 이 모든 과정이 거주인에게는 사회활동에 속한다. 장터에 나가는 날이면 우리 거주인들은 가장 깔끔한 옷을 꺼내 입고 화장을 한다. 그날은 얼굴에 생기가 돈다. 즉, 거주인에게 사회활동을 통한 성취감을 주었다. 자기 능력으로 할 수 있는 일이 있다는 것은 큰 만족감으로 다가온다. 사회와 분리되는 것이 아니라 사회와 관계 맺는 자체가 거주인에게는 살아가는 데 큰 의미가 있다.

현재는 코로나로 인해 사업을 할 수 없지만, 앞으로 시설에서 이들의 사회생활을 위해 도울 것이다. 국가적인 차원에서 우리 거주인들의 특성을 이해받으며 일할 수 있는 일터가 마련되면 더없이 좋을 것이다.

# 분리가 아닌 공존을 꿈꾼다

병원이나 터미널 같은 공공장소에서는 소음을 줄이고자 텔레비전을 음소거한 채 틀어 둔다. 그래도 불편함 없이 시청할 수 있는 이유는 자막이 제공되기 때문이다. 자막 서비스는 본디 청각장애인을 위한 서비스였으나, 지금은 그냥 많은 사람이 편안하게 시청할 수 있기 위한 서비스가 되었다.

엘리베이터와 경사로 또한 장애인을 위해 설치되지만, 거동이 불편한 노인과 유아차를 끌고 다니는 부모, 짐을 나르는 사람들 모두 편리하게 사용한다.

9년 전 사이판 여행에서 우리나라와 다른 화장실 표지판을 보았다. 남녀노소, 장애인 모두가 이용할 수 있다고 표시된 표지판이었다. 화장실 내부에는 안전바, 기저귀 교환대, 영유아 변기가 마련되어 있었다.

우리나라의 경우, 어린 자녀를 둔 보호자나 장애인활동보조인의 성별이 다른 경우 화장실에 들어가지 못하는 때가 있다. 이럴 때는 화장실을 이용하는 사람에게 부탁해야 해 난감하다. 남녀, 장애인과 비장애인 등의 이분법적 사고가 지배하는 공간이 아니라, 모두를 위한 공간이 있다면 도움이 필요한 사람과 돕는 사람 모두가 편안하게 이용할 수 있을 것이다. 이러한 배리어프리 화장실이 장애인에게만 유용한 건 아니다. 거동이 불편하여 도움이 필요한 노인, 성소수자, 급하게 볼일을 봐야 하는 사람 모두가 사용할 수 있으니 말이다.

최근 우리나라에도 배리어프리 화장실이 늘고 있다. 다만, 화장실의 수가 더 많아졌으면 한다. 다른 이들보다 화장실 이용 시간이 긴 사람들을 위한 배려이다.

외국의 사례를 보면 휠체어 리프트보다 엘리베이터 설치를 늘리고 있다고 한다. 이렇게 하면 장애인 전용이 아니라 누구나 편리하게 이용할 수 있는 편의시설이 생기는 셈이다. 가용할 수 있는 사람이 늘면 비용도 절감되고, 장애인도 분리되지 않는다.

많은 사람이 사회적 약자 분리를 당연하게 생각한다. 그래서 가끔 장애 당사자는 물 위에 뜬 기름 같은 존재처럼 느껴질 때가 있다. 약자는 약자로서의 배려를 원하는 게 아니다. 그저 사람으로서의 존중 받기를 바란다.

편의시설을 모두를 위한 것으로 만든다는 생각의 전환에는 많은 의미가 있다. 우선 장애인은 시혜 대상에서 벗어남으로써 권리를 찾을 수 있다. 편의시설을 보편적으로 사용하는 주체가 된다면 좋은 일이다. 편의시설을 이용할 수밖에 없는 이들이 눈치 보는 일은 없을 것이며, 비정상이라는 사회에서의 꼬리표를 뗄 수 있을 것이다.

우리 사회가 장애인을 분리하지 않고 공존하는 분위기로 바뀌는 것을 상상해본다. 낙관적인 이야기로 들릴 수 있지만, 이런 사회라면 장애인은 주변인이 아니라 사회의 어엿한 구성원으로 설 수 있을 것이다. 목소리가 조금씩 반영되면 장애인을 비롯한 많은 소수자가 주체적으로 살아갈 수 있으리라 기대한다.

1) 김도현, 《장애학의 도전》, 2019, 오월의 봄, 344쪽
2) 김도현, 《장애학의 도전》, 2019, 오월의 봄, 222쪽
3) 국가인권위원회 〈인권용어사전〉
4) 김미영, 〈병맛 만화, 루저들의 코딱지를 후벼주는 맛!〉, 한겨레21, 2010. 4. 8.
5) 김청연, 《왜요, 그 말이 어때서요?》, 동녘, 2019, 62쪽
6) 김청연, 《왜요, 그 말이 어때서요?》, 동녘, 2019, 62~63쪽
7) 브래디 미카코, 《타인의 신발을 신어보다》, 은행나무, 2022, 14쪽
8) 소혜미, 〈모두를 위한 '그림 투표 용지'입니다〉, 월간 옥이네, 2021. 12. 2.
9) 김혜미, 〈시각장애인·휠체어 이용 장애인 이용 어려운 키오스크, 장애인 접근성 확보해야〉, 비마이너, 2018. 8. 28.
10) 최선영, 〈어르신도 장애인도 음식 주문 키오스크 앞에서 당황하지 않게〉, 정책 브리핑, 2020. 10. 23
11) 김창엽 외, 《나는 '나쁜' 장애인이고 싶다》, 삼인, 2020, 112쪽
12) 김준태, 〈서남병원 '장애인 동행 진료' 지원… 복지관 등과 업무협약〉, 연합뉴스, 2022. 9. 14.
13) 박희진, 〈한양대병원, 발달장애인 병원 진료 간접 체험 가상 시스템 '블루룸' 도입〉, 메디칼이코노미, 2020. 9. 21.
14) 김초엽·김원영, 《사이보그가 되다》, 사계절, 2021, 210쪽
15) 김경은, 〈플라스틱 빨대도 OUT… 종이·쌀 빨대 찾는 사람들〉, 머니S, 2018. 9. 13.
16) 이원무, 〈차별 용인하는 장애인편의 시설 실태조사〉, 에이블뉴스, 2022. 5. 6.
17) 안희경, 〈마사 누스바움 "혐오는 원치 않는 변화는 두려워 '마녀'같은 탓할 상대를 찾는 것"〉, 경향신문, 2017. 6. 12.
18) 박소현, 〈에쓰오일, 셀프 주유소 찾은 장애인에 주유 서비스 제공〉, 매일경제, 2021. 8. 26.
19) 박찬희, 〈공연장 장벽 허물기 - 모두를 위해, 배리어프리〉, 스토리 오브 서울, 2022. 5. 11.
20) 김창엽 외, 《나는 '나쁜' 장애인이고 싶다》, 삼인, 2020, 115쪽
21) 윤국열, 〈이코노믹 리뷰, 지역난방公, '푸르메여주팜·무이숲' 복합공간 준공…장애청년에 일자리 제공〉, 이코노믹 리뷰, 2022. 9. 2.